ZAMBI
ザンビ

〜咳エチケットしてますか?〜

ザンビ

ZAMBI

【小説版】

［企画・原作］
秋元 康

［脚本］
保坂大輔／高山直也

［著］
久田樹生

竹書房文庫

目次

登場人物紹介

山室楓（やまむろ・かえで）　2年生
孤高なタイプ。クールで感情をあまり表に出さない。
幼稚園の頃、両親を交通事故で亡くす。

西条亜須未（さいじょう・あすみ）　2年生
楓の中等部時代からの親友。明るくおおらか、社交的で陽気な性格。何事にも好奇心が旺盛。

諸積実乃梨（もろづみ・みのり）　2年生
学級委員長・生徒会役員を務めている。
明るく成績優秀でクラスの中心人物。

甲斐聖（かい・ひじり）　2年生
オカルト好きで霊感が強いがお化けは嫌い。
PCに詳しい。人見知りで友達が少ない。

秋吉凜（あきよし・りん）　2年生
クラスのムードメーカー。明るい天然キャラでしっかり者の瀬奈にいつも助けられている。

榊瀬奈（さかき・せな）　2年生
テニス部の主将。男勝りな性格で負けず嫌い。
凜の親友で彼女を守っている。

金村優衣（かねむら・ゆい）　2年生
気が強く同級生たちを見下す。
いじめグループのリーダー。

花村穂花（はなむら・ほのか）　2年生
柚月の親友。
成績優秀で真面目だが喘息持ちで体が弱い。

先川柚月（さきかわ・ゆづき）　2年生
穂花の親友。
体の弱い穂花を支えるため、いつも一緒にいる。

佐倉鈴音（さくら・すずね）　2年生
漫画研究会に所属。内気な性格のため優衣たちからいじめを受けている。

五十嵐麗奈（いがらし・れな）　2年生
引っ込み思案だが優しい性格。
砂羽と仲が良い。

木内加奈（きうち・かな）　2年生
クラスのカースト上位で
優衣に従ういじめグループの一員。

本多恭子（ほんだ・きょうこ）　2年生
優衣に従ういじめグループの一員。
優衣と加奈は中等部からの友人。

関あずさ（せき・あずさ）　2年生
いじめグループの一員で優衣に合わせているが
本当はマジメで優しい性格。

藤崎麻里奈（ふじさき・まりな）　1年生
正義感が強い、実乃梨の生徒会の後輩。

一条詩織（いちじょう・しおり）　2年生
楓の元クラスメイト。大人しい性格でアニメ好き。

内藤恵美（ないとう・めぐみ）　1年生
誰にでも可愛がられる性格。

庄司美緒（しょうじ・みお）　2年生
剣道部の主将。武装集団としてザンビと戦う。

小島弥生（こじま・やよい）　1年生
漫画研究会の部員。美琴の親友。

椎名美琴（しいな・みこと）　1年生
漫画研究会の部員。弥生の親友。

上杉砂羽（うえすぎ・さわ）　2年生
大人しそうで実は強気な性格。麗奈と仲良し。

倉田佑里恵（くらた・ゆりえ）　2年生
料理研究会の会長。武装集団のリーダー。

山中莉子（やまなか・りこ）　2年生
陸上部の主将。武装集団の一員。

宮川　愛（みやがわ・あい）
楓たちの担任の英語教師。敬虔なクリスチャン。
生徒のことを何事にも優先している。

守口琢磨（もりぐち・たくま）
修学旅行中、楓が出会ったザンビ村を調べている記者。
一人娘を大切にしている。

美しい女
遠い昔、とある村で地主の妻として暮らしていたが不
運な運命を辿る。

——七日間で私たちはこの世界からいなくなった。

第一章

山室楓《やまむろかえで》は眠っている。

観光バスの車内は制服姿の少女たちで騒がしい。それなのに、彼女はまるで起きる様子がない。その寝顔はまるで人形のように美しい。

だが、その深い眠りのせいか、まるで死んでいるかのようにも思える。

高等部の修学旅行の帰りだ。疲れが出たのかも知れない。

バスは山の中をひた走る。光差し込む杉林の間を延々と進む。

大きく車体が揺れ、楓は目を覚ました。

「――まだ、着かないの……？」

隣にいる西条《さいじょう》亜須未《あすみ》に問いかける。

「全然、目覚まさないから死んでるのかと思った」

亜須未は悪戯っぽく笑った。

「はぁ？」

フリージア学園中等部からの親友に、彼女も微笑《ほほえ》みながら返す。
――フリージア学園。
それは、中高一貫の全寮制女子校である。
関係施設は全て敷地内に用意され、生徒はそこで六年間を過ごす。
所謂《いわゆる》〈ミッション系〉であり、校内には礼拝堂――チャペルもあった。
修学旅行の日程を終えた楓たちは、その学園に戻る途中なのだ。
「なんか、高速道路が事故で通行止めなんだって……下道で帰るって」
幾つか前の座席から、クラス委員長の諸積《もろづみ》実乃梨《みのり》が顔を出して言う。
「ええ……？」
車窓から外を見れば、確かに山道だ。
（眠っている内に、降りていたんだ……）
楓はボンヤリそんなことを思った。
しかし、その最中、運転席では異常が起こっていた。
設置されたカーナビがおかしな挙動をしているのだ。
運転手から見ても初めて見るエラーで、どうしようもない。
今、何処《いずこ》へ向けて進んでいることすら分からないまま、バスは曲がりくねった道を進んでいく。沢山の生徒たちを乗せたままに。

楓は座席の前ポケットに読み終えた太宰治の短編集を差し込む。

すでに役目を終えた旅行のしおりもそこにあった。

彼女は思わずため息を吐《つ》く。

「まだ、長野県かな。学校、何時に着くんだろう……」

「ねぇ……」

亜須未も不満げだ。

早く戻りたいがどうしようもない。

皆も観念したのか、バスの中は仲良いグループで盛り上がっている。

スマホで動画を見せ合う者。お菓子を分け合う者。鏡を覗き、身だしなみを整える者。

それぞれがそれなりの時間の潰し方をしていた。

相反するように引率の先生である宮川愛《みやがわあい》は腕時計に目を落とし、スケジュールの遅延に頭を悩ませているようだ。生徒と教師の違いだろう。

（眠っていれば、時間を誤魔化せるだろうか）

楓は再び目を閉じる——が、その瞬間、バスは強くブレーキを掛け、急停車する。

社内は悲鳴で満ちあふれた。楓も思わず目を見開き、周囲を確認する。

「なに⁉」

亜須未が少しだけ大きな声を上げた。

幸いパニックにならなかったものの、車内は騒然としている。

「状況が分かるまで、皆さん、席で待っていてください」

先生が指示を出し、何事か運転手と相談をし、外へ出ていく。

窓から外を眺めると、車体の下から吹き出した白い煙が辺りに漂っている。

煙は周囲の杉林に流れ込んでいった。

その先を目で追う楓は、思わず息を呑んだ。

林の中に通る道。そこに何体かの地蔵像が立っている。

いや、それではない。もっと異様なものがあった。

無数の手だ。

掌を広げ、苦しげに天に向かって伸びている。

像の隙間を縫うようにあるそれは、よく見れば石造りのようだった。右手もあれば、左手もある。僅《わず》かに左右へ曲がっているが、基本、掌を上へ向けている。

「何、あれ……」

亜須未が呟《つぶや》きながら、楓の手を握った。彼女も地蔵像と石の手を見つけたのだ。十数年間に過ぎないが、生きていてこんなものを見たことはない。一体、これは何なのだろうか。地域の信仰か何かが関係しているのだろうか。

思わず身震いをしてしまう。

「――皆さん」

悩む楓の耳に、先生の声が届き、彼女は我に返った。

「バスはすぐに直りません。そして、ここだと無線も携帯も通じないようです」

生徒たちに動揺が広がる。

「これからバスを降ります。携帯の圏内まで歩いて、迎えのバスを頼みますから。そこまで皆さん、歩いて行きましょう。あ、貴重品はちゃんと持って出るように」

不満の声も上がったが、仕方がない。実乃梨が率先して皆に指示を出す。

全員が外に出た。楓は空を見上げた。空の色は、夕刻まであと少しの様相を見せていた。

「圏外！　マジでありえないんだけど！」

暗い山の中、金村優衣《かねむらゆい》が声を上げる。

優衣はクラスでも目立つ生徒だ。学園カースト上位でもあるせいか、イジメの中心人物でもあり、時折、楓や実乃梨とぶつかることもある。

ただ、プライベートファッションに国内、海外の最新のモードを取り入れるなど、かなりの情報通でもある。センスを含め一目置かれる存在でもあった。父親が病院経営をしており、母親は通訳者・翻訳家という家であるからこそ、かも知れない。

「バスの無線も通じないっていうし……早く何処《どこ》か連絡できるとこまで行って、先生に連絡しないと」

実乃梨が優衣を宥《なだ》める。

「だからって、私たちに探しに行かせるっ⁉」

「ううん。みんなで探しに行こうってことだよ」

実乃梨の言葉に、優衣は頬を膨らませる。

今、楓たち九人のクラスメートは道に迷っていた。

引率の先生の後を追っていたが、途中ではぐれた。慌てて追いかけようとしたことが裏目に出たのか、更に分からない場所へ迷い込んでしまったのだ。

すでに周囲は闇に包まれ、灯りはスマホのライトくらいだ。

「……先生たちの方が、もう、見つけてるよぉ」

花村穂香《はなむらほのか》がその場にしゃがみ込む。

喘息《ぜんそく》を患《わずら》っている彼女にとって、このロングウォークは身体に堪えるのだろう。

体力のないこともあり部活も美術部所属だが、実は何度も賞を取るほどの才能がある。そればかりか学年の成績も優秀な才女と言えた。

「穂花、しっかりして」

隣から声を掛けたのは、先川柚月《さきかわゆづき》だ。

穂花の親友で、まるで姉のように彼女をフォローする姿をよく見る。

吹奏楽部でサックスのパートリーダを勤めるほどだから、統率力があり、更に何かと面倒見の良い性格でもあるのだろう。

ぐずる穂花の腕を取り、柚月が立ち上がらせた瞬間、頭上で強烈な光が閃《ひらめ》いた。

若干遅れて、空気を裂くような轟音《ごうおん》が鳴り響く。

「マジかよ……」

榊瀬奈《さかきせな》が怖々と呟く。

テニス部主将。体育会系を画に描いたような姉御肌の好人物であるが、言葉遣いが荒いのが玉に瑕《きず》だ。ただ、実は乙女な性格であることをクラスメートたちは知っている。だからもちろん彼女は雷も嫌いなのだ。

「雷が近いなぁ……これ、拙《まず》いかもしれない」

瀬奈の言葉に、隣にいた亜須未がため息交じりに吐き出す。

「ツイてないね……」

「うん……」

楓も同調した。本当にツイてない。バスの故障。携帯は圏外。道に迷う。そこに来て、雷だ。その内、雨も降り出すだろう。

亜須未は首に掛けたミラーレス一眼レフカメラを気にしている。写真部だから旅行にも持ってきていた。貴重品なのでバスから持ち出したのだ。

「さ、行こう」

実乃梨が先へ進むことを促す。皆は無言で足を動かし始めた。

鬱蒼《うっそう》と茂る杉林から、下りの石段に道が変わった。

整然と並んだ石造りで、少し幅広い。左右には弱々しい灯りの石灯籠《どうろう》が並んでいる。

楓たちはそのまま下っていくが、何故かひとり後をついてこない。

甲斐《かい》聖《ひじり》だった。

顔を強張らせている聖は、言わば学園のカースト底辺にいる。

オカルトが好きで、オタクめいた部分が強い。だからか、自分が興味のあることを話し出すと止まらないし、声高になる癖があった。

そして、霊感があると専《もっぱ》らの噂だが、真相は分からない。

「何してんの？」

上を振り返り、秋吉凛《あきよしりん》が聖に声を掛ける。

僅かな不満と、心配の混じった声だった。

凛は元々明るい性格で、クラスのムードメーカーでもある。そういう性格が良く現れた言葉だと思う。

しかし聖はなかなか下りてこない。何故なのだろうか。

「ね、早く行くよ」

凛の優しげな声でも聖は動かない。

そこへ、一際大きな雷鳴が轟《とどろ》いた。

聖は一瞬身を固くする。この場にいたら雷に打たれると感じたのか、彼女は漸《ようや》く一歩足を踏み出した。しかし、その進み方には戸惑いが混じっていたことも確かだった。

石段はいつまでも続く。

秋とは言え夜だ。寒さが身に染みる。ジャンプスカートとブラウス、タイツだけの制服だと冷気は阻めない。もちろん食事も摂《と》っていないから余計に体温が上がらない。

疲労と空腹は限界に近づいている。

霧も深く立ちこめてきて、不安感を煽《あお》ってきた。

一度石段が途切れたとき、一息吐《つ》くように全員が足を止める。

そのタイミングを読んだかのように、また、稲妻《いなずま》が天を走った。

強い光が眼下の風景を一瞬だけ照らし出す。

木々の切れ間から覗《のぞ》いたそれは、狭い山々の合間にある集落だった。

閉塞感漂う風景でも、楓たちにはありがたい。

実乃梨を先頭に集落を目指す。

集落の入り口に近づくにつれ、やたらと墓が目に付いた。

古い自然石作りの物もあれば、御影石《みかげいし》製の新しい部類の墓もある。ただ、墓場そのものがやたらと多いように感じる。

また、夜中だからなのか家々には明かりが灯《とも》っていない。否。人の気配が一切なかった。

異様な雰囲気の中、誰も口を開かない。

何軒かの家を通り過ぎたとき、急に大粒の雨が降り出す。

雨粒は楓たちの制服をあっという間に濡らしていった。

全員走り出すが、暗さと、土が剝《む》き出しの道のせいであまり速度が上げられない。アンクルストラップ付きの学校指定パンプスだと滑るのだ。

「最低なんだけど！」

優衣が叫ぶ。皆は何も答えないが、同じ気持ちだった。

小走りに進む先、大きな建物の影が見えてくる。

それは古びたお寺だった。

本堂らしき建物と庫裏《くり》のような建物がアーチ状の渡り廊下で繋がれたもので、村の規模の割に立派だ。

その本堂への入り口らしき扉の前へ靴を脱ぎ、避難する。

屋根があり、雨から身を隠すことができるのだ。

「誰か、いないのかな？」

亜須未が怯えた声を出す。当然、楓には分からない。

「ごめんください……ごめんください！　どなたかいらっしゃいませんか⁉」

実乃梨が扉を叩いた。

返事はない。雨脚がより一層強くなっていく。

「誰もいないのかな……？」

そんなことは誰にも答えられない。実乃梨は観音開きの扉を開く。軋《きし》んだ音を立て、真っ黒な空間が口を開けた。

誰もいない。奥の方は何も見えない。

落雷の音が全員の背中を打った。皆、我先に屋内へ飛び込んでいく。

「暗いよ……」

誰かが囁《ささや》くように言った。実乃梨がスマホのライトで照らす。

そこはやはり本堂のようだ。

内陣《ないじん》――仏をまつる場所――には極彩色の仏像が所狭しと並んでいる。荒々しい表情の明王や優しげな菩薩《ぼさつ》、僧侶らしき座像があった。

「あ」

実乃梨が声を上げた。視線の先には障子があり、僅《わず》かに隙間が空いている。その先は隣の建家に続く渡り廊下だった。

渡り廊下は屋根付きで小さな梵鐘《ぼんしょう》が吊り下げられている。

九人は恐る恐る廊下を渡る。屋根が低いせいか、頭が当たりそうだ。

轟く雷に身をすくめながら渡りきった先は、やはり庫裏であった。

生活に必要な什器《じゅうき》が揃っている。住職一家が住んでいるのだろうか。

「どなたかいらっしゃいますか？」

実乃梨の呼びかけに応える声は一切なく、火の弾ける幽《かす》かな音が聞こえる。

畳には炉が切られており、火が熾《おこ》されていた。そこに茶釜が掛けられ、湯が沸いている。

「あ！」

実乃梨が何かを見つけ、駆け寄っていく。

黒光りした古い電話機だった。彼女は受話器を取ってダイヤルする。

「どう？」

亜須未の問いに、実乃梨は首を振った。繋がっていないようだった。

「……もう、限界」

穂花が畳に崩れ落ちる。

「少し、休ませて貰おうか」

優しげな声で実乃梨が促《うなが》した。電灯も点けずに、次々に少女たちは座り込んでいく。

襖《ふすま》の前に楓と亜須未、実乃梨が腰を下ろした。

雷鳴と雨音は更に激しさを増していく。

だが――その間を縫うように、違う音が聞こえた。

例えるなら、硬い木同士を叩《たた》いて出したような、甲高い音だ。

カーン……。カーン……。カーン……。カーン……。

(何の音?)

楓は耳を澄ます。当時に、他の音が被《かぶ》さってきた。

どこいった　まよったか　どこいった　かくれたか　どこいった　かえったか

それともしんだのか　にげろにげろ　つちがうごく　てがでた　あしたがでた

いきかえる　いきかえる　ざんびがくるぞ　ほら　すぐ　うしろ　ほらほら　うしろ

(歌?)

子供、それも少女が二人くらいで歌う声だ。

明るい童謡とは違い、不穏なメロディーに聞こえる。古い童歌《わらべうた》の印象、だろうか。

「聞こえる?」

楓は亜須未に問いかける。怯《おび》えた目で彼女は頷《うなず》いた。

「何……の、音?　歌?」

穂花が怯えた。柚月は首を振る。亜須未は楓に身を寄せ、怖い、と震えた。

音と歌はいつまでも続いた。

柱に取り付けられた時計が鳴る。

六度ボンボンと打たれたことで、六時だと分かる。

楓は目を覚ました。

起き上がると朝日が差し込んでいる。降っていた雨と鳴り続けていた雷は何処《どこ》かへ行ってしまったようだ。

（いつの間に眠ってしまったのだろう）

覚えがない。異音と歌に怯えながらも、疲れがそれを勝ったのだろうか。

ふと周りを見ると、誰の姿も見えなかった。

慌てて立ち上がって室内を探すが、自分以外いない。

（みんな、何処へ……）

振り返ったとき、部屋の隅に見慣れないものを見つけた。

壁に、縦に取り付けられた棒だ。

自分の背丈より長い。断面は六角形のようで、六尺棒というものか。

棒の前には注連縄《しめなわ》が垂らされ、左右に二枚ずつ御札が貼ってある。

下側の祭壇には蠟燭《ろうそく》が二本灯《とも》されているが、誰の仕業だろうか？

まるで、封じられるように祀《まつ》られている、そんな風に見える。

楓は思わず近づいてしまう。が、途端に風が吹き、蠟燭が消えた。

窓も扉も閉め切られた室内なのに、どうして風が起こったのか。

怖気《おぞけ》が背中を伝う。陽の光の下へ逃れるように、外へ飛び出した。

クラスメートを探し、村の中を彷徨《さまよ》う。

古びた家屋たちは朝日を浴びても陰鬱《いんうつ》に見える。

吹いてくる風も爽やかさよりも寒気を覚えさせるようだ。

どこいった　まよったか　どこいった　かくれたか　どこいった　かえったか

またあの歌が聞こえた。

後ろからだ。振り向くと、一軒の家が目に入る。

その軒先には、しゃがんだ人がひとり入れそうな大きな桶《おけ》が置いてあった。

薄汚れた木製の桶は蓋付きで、胴の周囲に紅《あか》い組紐《くみひも》が巻かれている。組紐に幾つか紙垂《しで》が垂らされていたが、それもまた紅かった。

この桶は各家の玄関脇などに置かれている。風習か何かの関係かもしれない。

ふと、後ろから何者かの視線を感じる。
視線を向けると、短い石段の途中に少女の姿があった。
小学生くらいだろうか。
病的に白い肌。長い黒髪に赤いワンピース、スリークォータース程度の白い靴下だ。
ただ、一番目を引いたのが、その腕に抱かれた人形だろう。
いや。正しくは大きな藁《わら》人形だ。
再び、視線を感じる。今度は周囲から囲むように複数だ。
楓はぐるりと視線を巡らせる。
ある家の桶の前には老婆。他の家には老人が立っている。
どちらも刺すような視線をこちらへ向けていた。
ここにいてはいけない。早くみなと合流しないと。
楓は走り出す。
家々の合間を抜け、小道を走り、手すりもないような橋を渡る。
何処にもクラスメートの姿がない。
(何処へ？　何処へ行っているの？)
村の外れまで来たとき、草むらにある何かに足を取られた。

膝をしたたかに打つ。痛みに耐えながら身体を起こし足下を見ると、そこには縦半分に割れた石仏があった。打ち棄《す》てられ長い時間が過ぎたのか、表面は著しく摩耗している。

そのままの姿勢で息を呑んでいると、近くの茂みが鳴った。

目を見開き、音の方へ顔を向ける。

藪《やぶ》を掻《か》き分けのそりと現れたのは、癖のある髪の毛をした中年男性だった。

背が高く、眼鏡《めがね》を掛けている。レンズの奥には鋭い視線があった。男が無愛想に言う。

「なんでここにいる？」

「え？」

「今すぐ出て行くんだ！」

男が大股でこちらへ近づいてくる。

「あ、あの。道に迷って。それで」

男は訝《いぶか》しげな顔でじっと見詰めていたが、そっと手を差し伸べてきた。

「俺は守口琢磨《もりぐちたくま》。記者をしている」

「私は、山室、楓、です」

引っ張り起こされながら自己紹介を済ます。

「道に迷っているんだろう？　とりあえず、一緒に行こう」

楓は守口について歩き出した。

林から村に向けて戻り始めたようだ。茂みを抜けた先に、沼が見える。

「え？　なんで？」

沼の中央に、鳥居がある。

しかしその姿は異常なものだった。通常、地面に刺さっているはずの足が天を向いている。上下逆さまの鳥居だった。

水面に映り込んだ逆さ鳥居を眺めていると、守口が強い口調で言葉を発する。

「見張っているんだ」

「え？」

聞き返そうとする楓を制し、守口は歩き出す。

「それ以上聞くな。知らない方がいいこともある」

これ以上何も言わず守口の背中を追いかけることしか、楓にはできなかった。

守口に連れられ、村の中央部にある神社に近づく。

笑い声が聞こえた。聞き覚えのある声だ。

開けた場所に来ると、そこが境内であることが分かる。

クラスメートたちはそこに全員いた。

ほっとするのもつかの間、楓は神社に違和感を覚える。

これまであまり見たことがない造りだったからだ。

拝殿の前に小さな祠《ほこら》が設《しつら》えられており、その周囲は竹筒に挿された風車で囲まれている。

風車は六枚羽根で木製らしい。羽根の表面に紅い柄入りの和紙が貼られていた。

「これ、インスタ載《の》せよ！」「いいと思う！」

風車をスマホで撮っている柚月に、穂花が賛同している。

亜須未を見ればその風車を地面から抜き取ったところだった。羽根に唇を寄せ、息を吹きかける。が、回らない。

しかし、途中から楓の目は祠に釘付けとなった。

フラフラと引き寄せられるように近づいてしまう。横から聖が口を出してきたが、よく聞こえない。ときかく、祠の正面へ行きたかった。

楓は祠の中を覗く。

ご神体らしき鏡と、その後ろの壁に御札が貼ってあるのが見えた。

紅い文様が描かれた札に、黒い墨で文字がある。だが、何という文字か読み取れない。

二礼二拍手――楓は祠に手を合わせる。
うぉォおン……祠の奥から唸《うな》りが聞こえた、ような気がした。
（え？）空耳だろうか。それとも本当に何かが聞こえたのだろうか。
周りではまだみんな撮影を繰り返している。優衣は楓の姿を横から撮っていた。
「……おい！　止めろ！　今、写真撮ったのか⁉」
守口が血相を変えて柚月たちに食って掛かる。
亜須未が風車をそっと背中に隠すのが見えた。
祠の前にいる楓を中心に、残りのみんながそれぞれ風車のところに立っている。
全員、守口に視線を注いで様子を窺《うかが》った。
うぉォォおン……また、あの唸りが聞こえたような気がした。
「……おい、離れろォ！」
何処から現れたのか、白髪の老人がこちらへ近づきながら脅し掛けてくる。
イントネーションから訛《なま》りを感じるから、ここらに住む人だろうか。
老人は手に持った大きな剪定鋏《せんていばさみ》を振りかざし、楓たちを追い立てる。
「今すぐ、ここからぁ、立ち去れ！　出ていがねぇがぁ！」
全員が神社から出て行く。その時、楓は守口に訊ねた。

「ここって……?」

振り返った守口は、祠を睨《にら》み付けながら口を開く。

「――ザンビ村」


――暮れる空に、チャペルの鐘の音が鳴り響く。

ここはフリージア学園だ。

楓たちは長野県近隣の村――ザンビ村から無事に戻ることができた。当然、先生からは大目玉を食らったが、ただそれだけだった。

学校側へは先生たちが何らかの働きかけをしてくれたのだろう。説教も最低限で済んだ。

旅行で持っていったキャリーバッグを寮へ引いていくと、いつもの守衛が朗《ほが》らかに挨拶してくれる。寮内は下級生が笑って出迎えてくれた。

近代的な構造の寮は、ひとりに一部屋があてがわれている。

各部屋はワンルームアパートのような造りで、ドアから内部がすっぽり丸見えだ。ただトイレやキッチンがない分、割合広めになっている。

勉強机や収納はあるが、他の家具などの調度品は生徒ごとに持ち込んで部屋をカスタマイズするのが通例だった。ここに個性が出るのが面白い。

一階にはエントランスや食堂などの共有スペースがあり、どちらも大量の光を取り入れられる構造になっていた。寮と言うには少々豪華な造りと言えよう。

だが、楓たちにとってはいつもの風景。いつもの人々である。

やっと日常へ戻ろうとしていた。


部屋で部屋着に着替えてようやく楓は人心地着いた。

荷解きをしながら、ふと守口のあの言葉を思い出す。

〈――ザンビ村〉

スマホのブラウザアプリを立ち上げ、検索する。

ざ、ん、び、む、ら。ザンビ村。

スクロールさせていくと、一件だけ気になる項目が出て来た。

〈ザンビ村の民俗と伝承（長野県）〉

タップすると動画が始まった。


古びたフィルムのような映像は、白装束の人間が何事かの儀式を行っている。

『信州の山深き秘境に佇《たたず》む古の残美《ざんび》信仰が残る村……』

男の声だ。が、古い音声を思わせる音質だった。

細切れにされたモノクロの映像がバックに流れる。音楽などはない。

フィルムに傷があるせいか、時々画が乱れた。雰囲気から古い時代のものに見える。

インサートされたタイトルには〈残美信仰〉とあった。

『ザンビとは、無残の残に、美しいの美、と書く。その残美は生と死の狭間《はざま》にある存在』

映像では老婆らが何かを作っている。

切り出した木材に鉋《かんな》を掛け、板にした物を丸く組んでいく。桶だ。

金槌《かなづち》を振り上げ、桶に箍《たが》を塡《は》め込み、最後に組紐らしきものを桶に巻き付けた。

作業の音は後からダビングしたような不自然さがある。

最後に蓋を乗せるが、中央には穴が開き、その周囲に五角形の線が描かれていた。

完成した丸い桶状のそれは、死者を座らせて納める〈座棺〉である。

『古くから棺桶を作り、生業《なりわい》としてきたこの村では、かつて生きながらに埋葬された女が蘇り、災いをもたらしたとされている……通称、残美村』

ここからまた場面が何度も変わった。全体的に不穏なシーンの羅列だ。

中にはあの集落で見た社殿や小さな祠らしきものも映っている。

途中でまた儀式めいた映像に変わった。祈禱師《きとうし》らしき人物がフレームインしてくる。

祈禱師の胸や背中には、星形の印が入っていた。

風車を地面に刺す。札を着けた面の人間が舞う。神楽ではない。どこか禍々《まがまが》しさがある。

五人の人間が祠を囲み、何事か祈禱して——動画は終わる。


（何、これ？）

楓の手が汗ばんでいた。意味不明な映像の羅列の中に、この目で見てきた風景が織り込んである。長野県。残美村。棺桶。

動画をブックマークし、ブラウザを閉じる。

厭《いや》な汗が背中を伝った。気分を変えるため、楓は大浴場へ向かった。

◆

楓が動画を見る少し前、亜須未も自室で荷解きをしていた。

服をより分けているとき、何か物音に気付く。

カタカタカタカタ……という、聞き覚えのない、軋《きし》むような音だった。

振り返ると、テーブルの花瓶に挿した風車が回っていた。

あの残美村から持ち帰ってきたものだ。あの騒動のせいで、返しそびれたのだった。

「え？　何……？」

風車を手にした亜須未は首を傾《かし》げる。

あの時から今まで、どんなに息を吹きかけても回ることがなかったのに。

「なんで？」

キリキリキリキリ、クルクルクルクルと六枚羽根がゆったり回る。

風車を握りしめたまま立ち尽くす亜須未の後ろに、何かが現れた。

薄汚れた白装束の、白髪の老婆のようなものだ。

〈それ〉は彼女に飛び掛かるとその頭と肩を固定し、大きく口を開けた。

洞《ほら》の様な口中から、赤く、長い舌がまろび出る。

その先端が二つに割れたかと思うと、舌が亜須未の首筋に突き込まれた。

彼女は大きく目を見開くがどうしようもできない。一瞬のことで自分に何が起こったのかも分かっていないだろう。

老婆のような〈それ〉は、更に亜須未の首筋へ喰らいつく。その部分から黒い血管が浮き出した。血管はあっという間に顔まで広がっていく。

首から口が離れる。深い歯形と、その中央部に二つの穴が空いていた。

黒い血管が眼球近くまで到達したとき、亜須未の黒い瞳が白く濁る。

そこで、意識は途切れた。


気がつくと床に倒れ伏している。

（……夢？）

周りを見ても、首筋を触っても、何の異変もない。

テーブルの上にある花瓶に、回らない風車が元通りに挿されていた。

◆

楓が浴場に着くと、亜須未が洗面台で髪を梳《す》いている。

「片付け終わった？……大変だったね……」

話しかけるが、亜須未は反応しない。

「亜須未……？」

「ねむっておられるか　しんでおられるか」

亜須未の口から流れ出す不穏なフレーズに、楓は眉を顰《ひそ》める。

ふと気になり視線が下に向いた。

白い洗面台に大量の髪の毛が散乱している。それは、亜須未が櫛《くし》を入れる度にどんどん増えていく。

「あ、すみ……？」

やっと亜須未が振り向いた。

楓の顔を見て、何かに気付いたのだろうか。視線が下を向く。

その目は洗面台に落ちた髪の毛を捉《とら》えた。様子が変わった。

彼女は真っ正面の鏡を見据え、何かに動揺している。

「亜須未？」

楓の呼びかけには何も答えず、彼女は絶叫して大浴場を駆け出していく。

◆

亜須未は部屋に逃げ込む。

途中、スリッパが脱げ落ちたが、それすら気付かない。

部屋の鏡を手に取り、その顔を映す。

向かって左側、顔の縦半分が歪《ゆが》んでいた。

いや、そんなレベルではない。目も口も、何もかもが亜須未自身の意思を無視し、自己主張するように伸びたり縮んだりを繰り返している。

短く叫び、鏡を取り落とす。割れて破片が飛び散った。

◆

楓は寮の廊下を駆ける。

飛び出して行った亜須未を追いかけていた。

ネームプレートに〈西条　亜須未〉とある部屋に辿《たど》り着く。

「亜須未！　亜須未！」

ドアノブに手を掛けた。鍵が掛かっている。

「……来ないでっ！」

中から親友の声が聞こえた。完全な拒否だった。

それでも楓はドアを叩き、ノブを回し続ける。

「来ないでっ！」繰り返す亜須未に、何かがあったのだと楓は察した。

亜須未の声が割れるように歪んだ。

返答がなくなる。焦《あせ》った楓はドアに体当たりするようにこじ開けた。

「亜須未！」

部屋の中へ飛び込むと、その姿は何処にもない。

「亜須未……？」

窓が開き、カーテンが夜風に揺れている。

厭な予感しかしない。楓は窓際へ駆け寄る。

窓の外を見下ろして、目を見開いた。

寮の外、四階下にあるアスファルトの上に親友が無残な姿で横たわっている。

手足は出鱈目《でたらめ》な方向を向き、頭からは大量の血が流れ出している。虚《うつ》ろな目は何処を向くともなく見開かれていた。

楓は声なき叫びを上げる。

裸足のまま廊下を駆け、外へ飛び出した。

「亜須未……!?」

しかし、親友がいたはずの地面にはその姿はない。

身体どころか、血液一滴落ちていない。忽然《こつぜん》といなくなっている。

見上げれば、亜須未の部屋の窓は開き、カーテンが見えた。
呆然《ぼうぜん》と立ち尽くす楓の耳に、悲鳴のような、獣の威嚇《いかく》のような声が届く。
それは学園にある木々や遠い山の方から重なるように響き渡っていた。

私たちがいなくなるまであと七日——。

第二章

楓は寮のエントランスを駆け抜ける。
裸足だがそんなものを気にしている時間はない。
事務室にいるはずの宮川先生を呼びに行ったのだ。
「先生！　先生！」
事務室ドアを叩《たた》きながら叫ぶ。
先生が立ち上がり、ドアを開けてくれた。
「どうしたの？」
心配そうな顔の先生に、楓は何処《どこ》から話して良いのか分からない。
逡巡《しゅんじゅん》しながらも、できうる限りの説明をした。
楓は先生と守衛を伴い、現場へ戻った。
しかし、さっきと同じく何の痕跡《こんせき》もない。

「亜須未が、部屋から、飛び降りて。ほんと……本当なんです！」

先生と守衛は顔を見合わせ、口をへの字に曲げた。

「――西条さんの部屋って」

先生が訝《いぶか》しげな口調で楓に訊ねる。

楓は寮を見上げた。亜須未の部屋は窓が閉められ、カーテンで閉ざされている。

「ええ……？」

誰が閉めたのか。それとも。

「山室さん。寮の中、西条さんの部屋へ行ってみましょう」

言葉に従い、亜須未の部屋の前までやって来た。

ドアも閉じられており、異常があったような雰囲気はない。

先生がノックし、亜須未を呼ぶ。

「西条さん、いる？」

返事はない。先生が楓を振り返る。その表情が何を物語っているか読み取れない。

その時、ノブが回った。

ドアが開かれ、部屋着の亜須未が顔を出す。

「何ですか……？」

不満げな顔で彼女が言う。

「ごめんなさい。いれば、いいの」

「はぁ……？」

先生とやり取りした後、亜須未はちらと楓の方へ視線を流す。まるで訝しげなものを眺めるような冷たい視線だった。

「おやすみなさい」

一礼し、亜須未は部屋へ戻っていく。

「……早く寝なさい。明日、ゆっくり話をしましょう」

先生は一足早く事務室へ戻っていく。

楓には何も言うことができなかった。


翌朝、いつものように学校が始まる。

楓は重い気持ちで変わらぬ通学路を歩く。通学路と言っても寮から校舎までだが、学園は広い。中等部と高等部があるのだから、当然と言えば当然だろう。

肩を落としている楓の背中を誰かが叩いた。

「おはよ！　急がないと遅れるよ！」

亜須未だった。普段と変わらない彼女の様子に、楓は素直に返事ができない。その後ろ姿を見送っていると、くるりと振り返る。

「先、行ってるね」

微笑《ほほえ》んで駆けていく亜須未から、目を伏せてしまった。

教室に着いても、その様子は変わらない。柚月や穂花と明るく会話を交わす亜須未の姿は、あの凄惨な飛び降りを微塵《みじん》も感じさせなかった。

こちらの視線に気付いたのか、亜須未が振り向く。

楓はその視線から逃れるように俯《うつむ》いた。

不自然な二人の姿を聖が見詰めていることに、当の楓は気付いていなかった。


授業と部活動が終わり、寮は夕食の時間になる。

制服のままの楓が席に着いていた。その前にはトレーに乗った一汁三菜が置いてあった。

だが、食欲が湧かない。両手を膝の上に乗せたまま、箸《はし》を取る気力もなかった。

「楓、何かあった？」

隣に座った私服の実乃梨が、そっと言葉を掛けてくる。

答えない楓に実乃梨は再び膳《ぜん》に向き直り、箸を動かし始める。

実乃梨なら、私の言うことを信じてくれるだろうか？　楓が隣に目を向けた。と同時に、亜須未が目の前の席に座る。すでに私服に着替えていた。

「あー、お腹空いた」

彼女は自然に茶碗の御飯を食べ始めた。食欲は普段通りあるようだった。

楓の視線に気付いたのか、亜須未がこちらを見詰めて訊《き》く。

「ね。アプリのアルバムに修学旅行の写真あげた？」

昨日の姿がフラッシュバックする。

「ねぇ？　聞いているの？」

「……う、ううん。まだ」

狼狽《うろた》えながら答えると、ふうんと亜須未は納得する。

「あ、食べないんだったら、貰うよ」

亜須未の箸が、楓の皿にある肉片を奪っていった。

美味しそうに頬張っている。咀嚼《そしゃく》する度、何か耳障りな音が聞こえるような気がした。

もう耐えられない。

楓はいきなり席を立つ。

「……どうしたの？」

実乃梨の問いを背に受けながら、振り向けなかった。

出口に向かって歩くその姿に、亜須未と聖がそれぞれ眼差しを向けている。

周りの生徒たちは一切そんなことに気付かぬまま、ざわめきながら食事を楽しんでいた。


楓は自室で机に突っ伏している。

なんとか部屋着に着替えたが、心はいつまでも鬱々《うつうつ》としていた。

「……どういうこと?」

独りごちてみるが、当然答えは何処からも届かない。

スマホを手に取り、アプリ内にアップされた修学旅行中の写真をスワイプした。

あの、残美村《ざんび》でのスナップが幾枚も出てくる。

六枚羽根の風車が手前に、その奥に優衣がスマホをかざした姿があった。

(……ザンビ村)そう。残美村。守口の言葉。

楓の脳裏にあの村にいた、藁《わら》人形を抱いた少女の姿が浮かぶ。

祠《ほこら》。鏡。御札。風車。私たちが這入《はい》り込んでしまった、村の風景。

「残美村」

もう一度、今度は口に出してみる。

スマホのブラウザに残したブックマーク〈ザンビ村の民俗と伝承〉をタップした。

あの、残美村の動画が始まる。

（……ん？）

舞を舞う人物の面に貼られた札《ふだ》に目を惹《ひ》かれた。楓は動画を一時停止させ、ピンチアウトしてみる。札に文字が書かれていた。前も見ていたはずだが妙に気になる。

よく見れば〈終〉を鏡文字で書いていることに気がついた。

「おわり？」

ハッと息を呑む。見覚えがあった。あの、祠の中にあった御札だ。

何か見てはならないものを見たような気になって、楓はスマホを机に伏せる。

（終。鏡文字。そこに何の意味が）

考えても分からない。しかし楓の心の中に、確実に棘となって残った。


チャペルの鐘が鳴る。

「今日の授業はここまでです。皆さん、宿題を忘れないように」

宮川先生が教科書を閉じた。実乃梨の号令で皆が立ち上がる。

亜須未の様子を眺めていた楓は、一瞬動きが遅れた。

礼をし、再び席についても亜須未から目が離せない。
そこへ先生が近づいてきた。
「山室さん、放課後、時間ある？」
返答しようと一瞬だけ目を離した隙に、亜須未は廊下へ出て行ってしまった。
（追いかけなきゃ）
席を立つ楓の腕を、先生が摑《つか》む。
「山室さん。私、貴女《あなた》のことが心配なの」
一度、手を握り直し、先生が優しげな眼差しを向けて言う。
「何かあったら、先生に相談して」
しかし楓は亜須未の行方が気になる。その手を振り払って、廊下へ飛び出した。
亜須未は何処かへ向けて歩いて行く。楓は後を追いかける。
一階上のフロアへ登った。と言うことはトイレだろうか。
その読みは当たり、亜須未はトイレのドアを潜《くぐ》る。
用を足した彼女が立ち去るのを見届けてから、楓はトイレへ入った。
一番手前の個室は和式。何もない。
二番目の洋式も問題ない。では、一番奥は。

ここだけドアを手前に引いて開ける方式になっている。これはどのフロアも共通だ。

楓はそっと取っ手に手を掛け、引っ張る。

（……！）

下ろされた蓋《ふた》の上に、長い髪の毛が束になって置いてあった。

根元側には皮膚片らしきものがまだへばりついている。

思わず手にとって確かめる。作り物ではない。人毛だ。

「……何、してるの？」

背後から声を掛けられ、弾けるように後ろを振り返る。

亜須未がいた。

その顔には、楓のことを不審に思っていることがありありと浮かんでいる。

「なんで、あたしをつけているの？」

一瞬、亜須未は舌で自分の唇を舐めた。

「言いたいことがあるなら、ハッキリ言って」

じわりじわりとこちらに向けて迫ってくる。楓はトイレの個室へ追い込まれていく。

息が荒くなってしまう。吐けても吸えない。

「……来るな」

楓の声が大きくなっていく。

「来るな。来るな！　来るなぁっ！」

しかし亜須未は動じない。

「楓、おかしいよ……？」

亜須未の手が、楓の腕を取る。

「楓」

「いやぁぁぁぁぁ！」

楓は叫ぶ。亜須未の脇をすり抜け、個室から逃げ出した。

だが、そこでふっと目の前が暗くなる。

そこでプッツリ楓の意識は途切れた。


楓は目を覚ました。

だが、すぐに目の焦点が合わない。

ピントが結ばれるにつれ、白い天井と蛍光灯が認識できた。

（……ここは？）

自分がパイプベッドに仰向けで寝ていることが自覚できた。

そこへ誰かの声が聞こえる。

「……教室でも、一日中元気がなくって。昨日の夜も食堂で、何も食べなくって。修学旅行から帰って、ずっとおかしくて」

亜須未の声だった。

顔を傾けると、カーテンの隙間から亜須未と宮川先生の姿が見える。

「そう……いつもの山室さんらしくなかった……？」

先生は心配げに頷いている。

楓が意識を取り戻したことに気付いたのか、亜須未がこちらへやって来た。

「……亜須未」

「全然、目覚まさないから死んでるのかと思った」

修学旅行帰りのバスで聞いた台詞《せりふ》だ。亜須未はちゃんと覚えていた。

「なんか、ずっと厭《いや》な夢を見ていたみたい……」

床に膝を突き、亜須未は楓の枕元に近づく。

「すぐによくなるよ」

楓のことを思いやるような亜須未の表情は、以前と何ら変わらない。

胸の上にあった楓の手に、亜須未が掌を重ねる。

自然と楓もその手を握り直した。
二人は微笑みあう。最近のわだかまりが一気に解けていくように。
その様子を、先生がじっと見詰めていた。

◆

夜の学園に、鐘が鳴り響く。
チャペル内部には宮川先生の姿があった。
並んだ燭台《しょくだい》には蠟燭《ろうそく》がずらりと灯《とも》され、柔らかな光が揺れている。
十字を切り、先生は胸の前で手を組み、目を閉じた。
何を祈っているのか。何に祈っているのか。それは本人にしか分からない。

◆

翌日、体育館ではバスケットボールの授業が行われていた。
楓のクラスはチーム分けされ、試合を行っている。

「楓！」

楓が亜須未にパスを通す。

ボールを受け取った亜須未は、素早くフェイントを入れる。そのままジャンプし、シュートすれば、ボールはネットへ吸い込まれていった。

試合は楓と亜須未がいるチームの勝利で終わった。

「イエーイ！」

亜須未と楓はハイタッチして、勝利を分かち合う。

「あ、水飲み場で顔洗ってくるね」

亜須未が体育館を出て行く。見送る楓は心地よい疲れを感じていた。

前みたいに戻れてとても嬉しかったのだ。

しかし聖が亜須未の様子を窺《うかが》っていることに、彼女は一切気付いていなかった。

◆

亜須未は水飲み場へ続く階段を上っている。

進行方向から、クラスメートが四人やって来た。

優衣、木内加奈《きうちかな》、関《せき》あずさ、本多恭子《ほんだきょうこ》だ。
「マジ、うぜーんですけどぉ、アイツ」
優衣が笑って周囲に話しかける。
「それなー」「なんなのアイツ」「アレ見た？」「みたー」「ちょー、ブスだし」
加奈とあずさ、恭子は優衣の取り巻きだ。
会話内容から、優衣がまたイジメをしていたことが見て取れる。
亜須未は我関せずという態度ですれ違った。
辿《たど》り着いた先、水飲み場近くのトイレには案の定泣いている生徒がいる。
背中を向け、肩をふるわせているのは佐倉鈴音《さくらすずね》だ。
二つに結んだ髪の毛から、汗ばんだ白いうなじが見えた。
亜須未はその姿を見詰め、立ち尽くしている。

◆

夜のシャワー室。
亜須未はシャワーを浴びている。扉の向こうから楓が声を掛けてきた。

「亜須未、先に行っているね」

「うん！」

返事を受けた楓はそのままシャワー室から出て行った。

亜須未は鼻歌交じりに髪を洗う。ただ、水流に混じって髪の毛が抜け落ちていく。彼女はそれすら問題にせず、延々と髪の毛の泡を流し続けた。


部屋に戻った亜須未の背後で、花瓶に挿した風車が回っている。風車の奥には、思い出の写真が写真立てに入れられ、大事そうに飾られていた。

彼女はペティキュアを塗りだした。その刷毛《はけ》の動きに合わせ、足の親指の爪が根元からグラグラと動き始める。

亜須未は爪を摘まみ、左右に動かし、そのままゆっくりと剝《は》ぎ取った。

肉が剝《む》き出しとなった足の指先を気にせず、爪をテーブルに置く。

と、同時に目を閉じ、胸元を搔《か》き毟《むし》り出す。

下の方から黒い血管が浮き出し、顔の方へ上っていった。

苦しいのか。それとも心地よい疼痛《とうつう》を楽しんでいるのか。

亜須未は、カッ！　と瞼《まぶた》を開ける。

黒い瞳は白く変わっていた。


それから、亜須未は夜の寮の廊下を歩いた。

両腕をだらりと下げ、小首を傾《かし》げるように、裸足で。

抜け落ちた爪の痕が痛々しいが、当人は一切気にしていない。

亜須未が動くのに合わせて廊下の電灯が明滅する。

どこいった　まよったか　どこいった　かくれたか　どこいった　かえったか
それともしんだのか　にげろにげろ　つちがうごく　てがでた　あしたがでた
いきかえる　いきかえる　ざんびがくるぞ　ほら　すぐ　うしろ　ほらほら　うしろ

残美村で聞いたあの童歌が、彼女に纏《まと》わり付くように響いている。

そして通路の左右に暗い影のようなものが時折浮かび上がった。

それは、残美村近くにあった、あの地蔵像と石造りの手だ。ストロボ的に浮かんでは消える地蔵像と手は、まるで亜須未に付き従っているようでもある。

亜須未は延々と廊下を進んでいく。

◆

シャワーを終えた楓は、自室でのベッドに腰掛け、修学旅行の写真を眺めていた。
残美村で取られた亜須未の写真に目をとめる。
風車の前でダブルのブイサインをしながら、微笑んでいた。
誘われるように楓の口元にも笑みがこぼれる。
他の写真へスワイプしていく。皆で写ったもの。優衣がスマホを構えたもの。
足下には六枚羽根の風車があった。
（……？）
画像の中の羽根が、一瞬動いたように見えた。
見間違えだろうか。楓はじっと画面を注視する。
また、動いた。僅《わず》かだったが、確かに羽根が回っている。
ギョッとして見続ける内、動きは更に滑《なめ》らかさを増した。否《いな》。遂に回転を始めた。
これは動画ではない。またそういう仕掛けのある画像でもない。
（一体、どういうこと？）

スマホから視線を逸《そ》らした途端、ドアがノックされた。

磨りガラスの向こうには明滅する照明と、誰かの影があった。

(誰？)

楓はベッドから立ち上がる。

ドアを開けると、そこには——聖が立っていた。


楓は聖を部屋に招き入れた。

「見て、くれない？」

彼女は自分のスマホを楓に差し出した。

画面には写真が映し出されている。

「何なの……？　この写真」

教室で談笑する亜須未の姿が写っているが、その顔が歪《ゆが》んでいる。

向かって右側の目や口が外側へ引っ張られたようになっていた。

見ようによっては苦しそうに叫びを上げているようにも感じられる。

「ずっと、変な感じがしていたの……亜須未の、こと。だから、写真撮って……」

恐る恐る、言葉を選びながら聖は話し続ける。楓は醜《みにく》く変化している亜須未の顔から思わず視線を外し、画面を消した。悪寒を感じてしまったのだ。

「この写真……ずっと見てると、気持ちが悪くなるよね」

伏し目がちに聖が言う。

「これ、どういうことなの？」

スマホを突き返しながら、楓は聖に問いかける。

彼女は首を振り、何も分からないのだと意思表示をした。

「でもね……！　今日、もう一枚写真撮れたの」

「え……？」

「別の子。やっぱり、何か、おかしくて！」

楓は聖から目を逸《そ》らしてしまう。

何かが、学園で起こっている……。


楓は聖と薄暗い図書室にいた。

学園の生徒は消灯時間までならいつでも利用可能なのだ。また、楓自身が図書委員であるから、この辺りの事情には詳しい。

机の上には〈呪術完全マニュアル〉〈呪術研究〉などの書物が置かれている。

聖は更に一冊追加した。表紙には〈日本古代呪術史〉とある。

ページをめくる聖の手が止まり、音読を始めた。

「陰陽《おんみょう》道の思想でいうと、右の顔は生を表し、左の顔は死を表している」

楓はスマホでさっきの写真を見直す。

亜須未の写真は、本人から見て右の顔は普通だが、左側がおかしい。まるで断末魔の叫びを思わせるような醜悪《しゅうあく》さがあった。

「……陰陽道、って？」

楓の問いに、聖が答える。

「陰陽道は呪術や占星術の技術体系。もちろん信仰とも関係がある。例えば、神社とか」

「神社……」

楓の言葉に頷《うなず》き、聖は更に書物を読み進める。

「生と死、その二つの顔を同時に持つ者は……〈残美〉と呼ばれ…………残美？」

楓は思い出す。あの村の名を。聖はまだ読み続ける。

「残美とは、生きながらに死に、死にながらに生きる存在……？」

楓の頭の中では、亜須未のことがグルグルと回った。

親友の顔。飛び降りた無残な姿。保健室での優しい顔。

楓は、ハッと何かに気付いた。

「残美村の神社では、生と死の狭間《はざま》にある者を祀《まつ》っていた……」

あの動画のイメージ。逆さ鳥居。異様な祠《ほこら》と周りの風車。そこで、私たちは。

全てが合致していくような気がする。

「ザン……ビ……村？」

「私たちはあの時……残美の封印を、解いたんだ……」

楓は断言する。そうだ。私たちが、封印を。

「残美の封印を、解いたんだ」

聖は固唾《かたず》を呑んで楓を見詰めた。

◆

同時刻。

亜須未は教室で生徒の誰かを襲っていた。

後ろから身体の自由を奪い、長い舌をうなじに向けて差し込んでいく。

そして、一気に首筋に嚙《か》みついていった。

その目は白く変貌しており、顔には黒い血管が浮いている。

噛まれている女子生徒の顔面にも黒い筋のような血管が走り、そして、黒目が白くなった。襲われていた相手は、椎名美琴《しいなみこと》であった。

満足がいったのか、亜須未は美琴から身を離す。相手は床に崩れ落ちた。

亜須未の口元には一筋の血が流れていく。

窓から差し込む月の光に照らされ、彼女は凄惨《せいさん》な微笑みを浮かべた。

◆

図書室で楓は呟《つぶや》く。

「やっぱり、亜須未は……」

一番考えたくない予想に、突き当たってしまった。

聖は目を見開き、楓の顔を見ている。

その時、何処からともなく、あの童歌が聞こえた。

どこいった　まよったか　どこいった　かくれたか　どこいった　かえったか

それともしんだのか　にげろにげろ　つちがうごく　てがでた　あしたがでた

楓と聖は、図書室の中で身を固くしたまま、何もすることが出来なかった。

私たちがいなくなるまであと五日——。

第三章

楓は自室で自習をしている。

しかし手に着かない。

机の脇にあるフォトフレームを手に取り、じっと見詰めた。

収められた写真はフリージア学園中等部の入学式のものだ。

微笑《ほほえ》む楓と、ダブルブイサインをした亜須未がいる。亜須未は今と違って高い場所で二つ結びにしてある髪型で懐かしい。

(この写真、お祖母ちゃんが撮ってくれたんだったな)

楓は幼い頃、両親を事故で亡くしている。

その後、母方の祖父母に大事に育てられた。幸せな日々だったと思う。

しかし、楓が成長するにつれ、自分の存在が祖父母の負担になっているのではないかと考えるようになった。彼らの身体の自由が利かなくなってきたからだ。

自分の通常生活が重荷にならないよう、この中高一貫、全寮制のフリージアを選んだ。

二人は「この娘が決めたことなら、仕方がない」と笑って送り出してくれた。

そして中等部の入学式に参列してくれたのだ。

その日、校門の所で楓と祖父母が記念撮影をするとき、偶然通りがかった亜須未にカメラを頼んだ。

その後、祖母が「せっかくだから、貴女《あなた》と楓、一緒に」と写してくれた。

これが亜須未との最初の出会い。この写真の思い出。

同じ物が、亜須未の部屋にも飾られている。

以降、亜須未とは仲良くなり、いつしか親友と呼び合える仲になった。

（懐かしいな。カメラ、写真か）

亜須未は写真部だった。だから楓を被写体にして何度もシャッターを切った。二人ふざけ合い、笑い合い、共にこの学園で友情をはぐくんできたのだ。

（でも、どうして今は――）

楓は写真に再び目を落とす。が、我が目を疑った。

亜須未の顔が変化している。向かって右側、亜須未からすれば左側の顔が歪《ゆが》んでいる。

思わず床へ放り投げてしまった。

フレームのガラスが割れる。見下ろせば、写真の中の亜須未は元に戻っていた。

目の錯覚だったのか。それとも本当に変化していたのか。

楓は戸惑うことしか出来なかった。


翌日、チャペルの鐘が鳴る。時刻を報せる鐘だ。

次のカリキュラムは調理実習になる。

楓はひとり、実習室へ向かった。中へ入ると、亜須未が先に着いていた。

「あ、楓！」

亜須未が小さく手を振る。思わず目をそらし、他の実習班へ向かった。

「ここ、いい？」

実乃梨は頷《うなず》くが、何か気になるようだ。楓と亜須未を交互に見て言う。

「いいけど……亜須未と喧嘩《けんか》でもしたの？」

そうではない。そうではないのだが、答えに窮《きゅう》する。

察してくれたのか、実乃梨はそれ以上何も訊《き》かなかった。


実習が始まった。

生徒は皆、三角巾とエプロンを身に着け、調理を行う。

仲の良いグループは楽しげに行程を進めている。余裕があるのか、つまみ食いをする者もいて、和やかな空気が漂っていた。

しかし、楓の心は重く沈んでいた。

気もそぞろにスライサーで玉葱《たまねぎ》を薄切りにしながら、ふと振り向く。

窓に近い調理台で、亜須未も同じく玉葱をスライスしていた。

目を逸らしてしまう。しかしやはり気になる。

もう一度後ろを見たとき、楓はとても厭《いや》なシーンを目撃した。

亜須未は自分の指までスライサーで切り刻んでいたのだ。

もう玉葱がないのに、いつまでも手をスライサーの上で動かしている。

受け皿の中には、赤く染まった玉葱がこんもりと盛られていた。

狼狽える楓に、実乃梨が声を掛けてきた。

「どうしたの？」

「亜須未が……」

「私が何？」

知らない内に亜須未が背後に立っていた。

「こ、ない、で」

亜須未は無言で楓をじっと見ている。

「来ないで！」

耐えられず、楓は実習室から逃げ出した。周りの生徒からの訝《いぶか》しげな視線を無視して。


楓は校舎の屋上に佇《たたず》んでいた。

ここの屋上は柵がない代わりに、切り欠いたような白い壁で丸く囲まれている。

その隙間から、蒼い空と、遠い山々の稜線が覗《のぞ》いていた。

「――亜須未と、何かあったの？」

やって来た実乃梨が声を掛けてきた。

「最近の楓、変だよ」

笑顔もなく、さりとて問い詰める様子もない。

「私、見たの」

大量に抜ける髪の毛。亜須未の飛び降り死体。紅く広がる、血溜まり。

「呪いよ。私たちが残美の封印を解いたのよ……」

「急に呪いだとか、言われても」

「わたしは！　信じるよ！」

戸惑う実乃梨と必死に訴える楓の間に、いつの間に屋上に来ていたのか、聖が加わった。

「残美村《ざんび》から帰ってから、ずっと、変な夢を見てるの」

聖の言葉に、実乃梨が訊き返す。

「ザンビ村？」

実乃梨の視線に目を伏せながら、聖は続ける。

「間違いないよ。この学園で、何かが起こっている」

「ちょっと待ってよ。聖、楓。二人ともどうかしちゃったんじゃない？」

困った顔で実乃梨が訴える。

沈鬱《ちんうつ》な空気の中、楓の携帯が震えた。

取り出すと、そこには亜須未からの連絡が届いている。

『話がある。部屋まで来て』

スマホを両手で握ったまま、楓は亜須未の名を呟《つぶや》いた。

今、楓は亜須未の部屋の前にいる。

意を決し、ノックをし、呼びかける。

「亜須未……いるんでしょ？」

しかし答えはない。少しの間を置いて、楓はノブを回す。

開いた。ドアを開くと誰もいない。テーブルには陶器製のポットとカップが置いてある。淹《い》れられた紅茶が湯気を立てているが、口を付けた様子はない。

見れば、スマホが机に置いてあった。音楽が再生されたまま放置してある。タップして止めたとき、傍《そば》に開かれていたノートパソコンが目に入った。

メール作成画面が開いている。

〈話がある。部屋まで来て　話がある。部屋まで来て　話がある。部屋まで来て　話がある。部屋まで来て　話がある。部屋まで来て　話がある。部屋まで来て　話がある。部屋まで来て　話がある。部屋まで来て　話がある。部屋まで来て　話がある。部屋まで来て　話がある。部屋まで来て　話がある。部屋まで来て……〉

延々と同じ言葉が並んでいた。さっき、楓に届いた文言だ。

これは一体何を意味しているのだろう。楓が思案に暮れていると、何かの音が聞こえた。

足音のような、いや、何かの軋《きし》みのような。

音は背後から聞こえている。

振り返ると、テーブルの上に花瓶が置かれ、六枚羽根の風車が回っている。

（さっきまで、なかった）

狼狽《うろた》える楓を余所《よそ》に、風車は回り続ける。

「……先生。亜須未が実家に帰った、ってどういうことですか⁉」

楓は宮川先生を問い詰める。

授業の合間、廊下で捕まえたのだ。

「お母様の具合が悪いんですって。それでしばらく様子を見に戻るらしいわ」

「嘘《うそ》です。服も、鞄も持たずに出かけるなんて」

「嘘？」

先生の眼差しに険が含まれる。

「貴女は私が嘘を吐《つ》いている、って言うの？」

「いえ……そういうわけじゃ……」

一瞬、楓は先生から視線を外す。しかしここで引くわけにはいかない。

「とにかく、今の亜須未は普通じゃないんです。早く探し出さないと」

「……私は、貴女の方が心配だわ」

先生が近づいてくる。

「それに、最近とっても落ち着きがないようだし」

胸元にある銀のロザリオが揺れる。楓の耳元に唇を近づけ、そっと囁いた。

「よかったら今晩部屋にいらっしゃい。そこでゆっくり話を聞いてあげるわ……」

「……失礼します」

楓は先生から身を躱《かわ》すようにその場から離れていく。

先生の視線は、いつまでも楓の背中を捉《とら》え続けていた。


楓は校舎の屋上に座っていた。

雲の多い空の下、物憂げな表情のままスマホで音楽を聴いている。

そこへ聖が近づいてくる。気付いた楓は、イヤホンを外し、顔を向ける。

聖は遠慮がちに楓の横へ座った。

「どう……だった?」

亜須未のことを先生に訊《たず》ねに行ったことだろう。楓は無言で首を振る。

「……そう」

何となく間が持たなかったのか、聖が別の話題を振ってくる。

「何、聴いてたの?」

楓はそっとイヤホンの片方を聖に向ける。

「聴いてみる？」

「いいの？」

嬉しそうに訊く聖に、楓は頷《うなず》く。彼女はそれを受け取り、耳に嵌《は》めた。

イヤホンを分け合う形で楓は再生ボタンをタップする。

「いい曲、だね」

聖の言葉に、楓は微笑む。

「お父さんが、好きだったんだ。この曲。落ち込んでいるときに聴くと、元気が出る」

聖は無言で音楽に耳を傾ける。

楓と聖、二人は寄り添うように同じ曲を聴いた。

いつしか空に広がっていた雲は流れ、青空に変わっている。

ふと、楓が何かを思い出したようにイヤホンを外した。聖もそれに倣《なら》う。

「――そういえば、もう一枚変な写真撮れた、って言ってたよね？」

イヤホンを受け取りながら、楓は訊いた。

聖は頷きながら、自分のスマホを楓に見せる。

画面には聖の自撮り写真が展開されていた。これは彼女が日記代わりに撮っているものであるが、もちろん楓はそんなこと知らない。

その写真の後方、廊下を歩く生徒の姿があった。

左側から写された形になっており、手にはピンク色のスマホを持っている。

ただ、それが誰なのか分からない。

何故ならば——その横顔が酷《ひど》く歪《ゆが》んでいたからだ。

「たまたま写っていたの。ウチのクラスの子、だとは思うけど……」

ハッキリしない顔を見詰めても、やはりそれが誰なのか判断が付かない。

「……残美村」

急に聖が呟く。

「え？」

「もし残美がもう一人いるなら……あの日、村に行ったメンバーの誰かだよ」

そうなのだろうか。楓は聖から目を離した。

◆

優衣が加奈、恭子、あずさを連れて、階段を下りてくる。

その先には、鈴音がいた。怯《おび》えたように肩をすくめ、顔を伏せる。

「鈴音さぁん」

ニヤニヤ笑いのまま、優衣は鈴音に近づいていく。

「そろそろ返事。聞かせて貰いたいんだけど？」

優衣の問いに、鈴音は何も答えない。

「何なの？　その顔？」「何が気に入らないのよ」

恭子と加奈の台詞《せりふ》を背に受けながら、優衣が更に接近する。鈴音は身を固くした。

優衣は鈴音の頬に顔を寄せ、告げる。

「本当は、私たちの仲間に、なりたいんでしょ？」

鈴音は、優衣の顔を窺《うかが》うかのように見る。

「だったら、やることは分かっているわよね？」

おどおどしながら視線を下げる鈴音を、優衣はじっと見詰めた。

その目は、捕食者のもののように感じられた。

◆

寮の廊下を、楓は肩を落とし歩いている。

その時、物音が聞こえた。床の上にある物を動かすような音だ。

音の発生源を探ると、そこは優衣の部屋だった。

ドアがわずかに開いている。隙間から中の様子を窺うと、誰かが床で四つん這《ば》いになっていた。だが、方向が悪く背中しか見えない。

ただ、その動きが怪しい。楓はそっと中に入り、声を掛ける。

「……誰？」

相手はハッとしたように振り返った。

鈴音だった。手にはカーペットローラーが握られている。

「こんな所で何をしているの？」

「片付け……」

「でも、ここ、優衣の部屋だよね？」

「ついでだから……それより、優衣に何か用？」

「別に……通りかかっただけだから」

その時、楓は鈴音の背後に何かを見つけた。ゆっくりとベッドに近づく。

「どうかした？」

楓は見た。優衣のベッドにシーツに残る、大量の抜け毛を。

「――え？　優衣が？」

暗くなった図書室に、楓と聖が向かい合って座っている。

聖の言葉に、楓は首を縦に振る。

「恐らく……」

残美村のことを思い出す。

皆でいた、あの神社。祠《ほこら》。そこで優衣はスマホで写真を撮っていた。

「もし、あの時、呪いにかかったのだとしたら」

楓の予想に、聖が反応する。

「あ、私もあれからいろいろ調べてみて、分かったことがあるの。今から百年以上前、村人全員が生ける屍《しかばね》になって、殺し合った村があったんだって……」

すでに予想は付いていたが、楓は念のために訊き返す。

「その村、って？　まさか」

聖が一息置いて、口を開く。

「あの、残美村……！」

一夜明け、楓たちのクラスは英語の授業の真っ最中だった。

「過去完了進行形は、過去のある時点の動作の継続を表すので、ずっと……」

宮川先生の声を楓はあまり聞いていない。

斜め前の席にいる優衣から目を離せない。

よそ見をしている楓を、先生はずっと視線に捉えていた。


「待ってたわ」

先生がチャペルの燭台《しょくだい》を灯《とも》し終えると同時に、楓がやって来る。

二人は向かい合った形だ。

「話、って何ですか?」

楓の問いに、先生が微笑む。

「悩みがあるんだったら、先生に何でも打ち明けて欲しいの」

「どうして、そんなこと訊くんですか?」

「だって……今の貴女、昔の私と同じだから」

先生が近づいてくる。

「何でも一人で抱え込んで苦しんで……。わかるの。私も小さい頃に両親を亡くして、それで……」

「同じじゃありません、先生と私は」

睨《にら》み付けながら、楓は先生の言葉を否定する。

「だったらそれでもいい。もっと私を頼ってくれないかな……ね？」

先生が楓の髪に触れる。厭な感じがして、思わず一歩後退《あとじさ》った。

一礼し、楓はチャペルを去る。

見送る先生の顔には、何の表情もなかった。


チャペルから出た楓は渡り廊下を歩いている。

その時、ふと、外が気になった。

生徒が憩いの場として活用している中庭に、優衣が一人佇んでいる。

ベンチの前にある地面に視線を落としているようだった。

鐘の音が響く。ハッと何かに気付いたのか、優衣はその場を立ち去った。

(優衣……何をしていたの？)

楓は中庭へ下り、さっきまで優衣がいた場所へ行く。

（……これ）

ベンチの足下に、人間の爪がそのままの形で数枚落ちている。

肉や血が生々しくへばりついた状態だ。

（優衣……！）


優衣が廊下を歩いている。

その後ろを楓は追いかけた。

途中、優衣が立ち止まり、スマホの操作を始める。

今がチャンスとばかりに、楓は自分のスマホを優衣に向けた。写真を撮れば、きっと優衣が残美なのか、そうではないのか、分かる。亜須未のように。

シャッターボタンをタップする寸前、着信が入った。

聖からだった。思わず壁に隠れ、電話を取る。

『楓、ちょっといい？　優衣のことなんだけれど……』

「今、手が離せないの」

通話を切り、優衣のいた場所へ視線を戻す。

が、すでに姿が消えていた。

何処《どこ》へ行ったのか。楓は優衣を追いかける。

「私たちの仲間になりたいんでしょ?」

優衣が加奈、恭子、あずさと鈴音を取り囲んでいる。そこは備品置き場だ。今は何もなく、ガランとしている。周囲の人の目を避けるには好都合な場所だった。

鈴音は黙ったままだ。優衣たちは薄笑いを浮かべている。

「本当は。私たちみたいに」

優衣の真綿で首を絞めるような追求に、鈴音がやっと口を開いた。

「わ、私は……」

優衣が鈴音に近づいた。

「じゃあ、仲間に入れてあげる……」

鈴音の顎に、優衣は手を掛けた。そして、その首筋に唇を寄せ——。

「鈴音!」

そこへ楓が飛び込んで来た。

「優衣から離れて!」

優衣が楓を振り返る。

「いいから、離れて！」

楓の方へ、優衣が向き直った。

「そいつは優衣なんかじゃない……！　優衣の姿をした化け物よ！」

「はあ？　何言ってるの？」

加奈、恭子、あずさは失笑を浮かべている。優衣が大股で楓に近づいてきた。

「優衣もあの村で！　呪いにかかった！」

「楓？　あなた、頭がおかしいんじゃないの？」

優衣の台詞には嘲笑が含まれている。

「優衣も！　残美になったのよ！」

「ざんび？」

優衣が嗤《わら》う。

「はあ？　なにそれ」「ざんび？」恭子も馬鹿にするように笑う。

「いいから！」

楓は優衣たちの間を抜け、鈴音を背中に隠す。

「私たちに近づかないで！」

「いい加減にしてくれる？」

楓に迫ってくる優衣の顔からすでに笑みが消えている。

「人のこと、化け物扱いして」

「――何の騒ぎ？」

実乃梨がやって来る。その後ろには聖がいた。楓は二人に説明する。

「優衣は鈴音に何かしようとしてた。優衣は私たちのこと殺すつもりよ！」

実乃梨は交互に楓と優衣の顔を見る。優衣はうんざりした顔で言う。

「鈴音が私たちのグループに入りたいっていうから、心構えを教えてあげただけよ」

楓が叫ぶ。

「みんな！　騙《だま》されないで！」

対峙《たいじ》する楓と優衣。

その緊迫した空気を裂くように、カメラアプリのシャッター音が鳴り響いた。

聖だった。彼女は優衣の姿を撮ったのだ。

「何勝手に人のこと撮ってるのよ！」

返事もせず、聖は再び優衣を撮影する。

「聞いてるの⁉」

優衣の非難を無視し、聖はその画像を楓に見せた。

「楓……」

優衣の画像は、鮮明で何処にも歪みがない。

「な……んで？」

「優衣は残美じゃない。さっきそのこと伝えようとしたら電話、切っちゃったから……」

優衣が楓に吐き棄《す》てるように言う。

「あなた、一度医者に診て貰ったら？　ねぇ？」

加奈、恭子、あずさが笑い出す。

いたたまれない雰囲気の中、楓はただただ狼狽《うろた》えるしかできなかった。


オレンジ色に色づいた光が差し込む講堂に、楓と実乃梨が座っている。

二人の間には幾つか空いた席がある。

「……私、馬鹿だ。ひとりで大騒ぎして」

「だね」

楓の吐露《とろ》を実乃梨は肯定する。

「でも、嫌いじゃないよ。そういうの」

「え？」

「楓って、いつもクールで……正直、何カッコつけてるんだよ、って思ってた」

歯に衣着せぬ言葉だ。

「でも、さっきのあれ。ちょっと安心した。気にすることないって」

微笑みながら、実乃梨が楓の顔を覗き込む。

「優衣だってそのうち、忘れるよ。ね？」

実乃梨の気遣いが嬉しかった。楓は笑みを返す。

(でも、きちんと謝らなきゃな)

楓は席を立った。


夜になり、楓は鈴音の部屋を訪れた。

コミックスの積まれたテーブルの前に座って、彼女は鈴音に謝罪する。

「何か、ごめん。私のせいでややこしいことになっちゃって……」

「いいの。気にしないで」

紅茶を淹れようと電気ケトルの前にいる鈴音は、すでに部屋着に着替えている。

膝丈のオーバーオールは彼女に凄く似合っていると楓は思った。

ポットに沸き立ての熱湯を注ぎながら、鈴音が鼻歌を歌い出した。

思ったよりも太い音色の歌には聞き覚えがある。

「んんんンー、んん、んンー、んんんンー、んん、んンー……」

どこいった　まよったか　どこいった　かくれたか……。

気がついた楓は、怯えた目で鈴音を見詰めた。

◆

同じ頃、実乃梨と聖は食堂の中二階にいた。

聖が自分のスマホで件《くだん》の写真を見せながら、実乃梨に説明をしている。

「これ一枚だけじゃないの」

画面には、歪んだ顔の亜須未の姿があった。

「亜須未を写した写真は、どれも……」

スワイプされていく画像の亜須未は全て顔の左半分が変形している。

「――じゃあ、楓が言っていたことは」

実乃梨の言葉に聖は深く頷く。

「それに、もう一枚」

聖は件の自撮り写真を出す。背後に歩いている人物の顔がおかしかった、あれだ。

「……待って」

実乃梨が何かに気付く。

「この娘の持っているスマホ……」

聖の持つ画面を、実乃梨がピンチアウトしていく。

画面中央に、特徴的なピンクのスマホカバーが拡大された。

◆

楓は混乱している。

(何故、鈴音があの童歌を)

紅茶のポットから湯があふれ出している。

そのすぐ脇には、ピンク色の特徴的なカバーを付けたスマホが置いてあった。

鼻歌は続いている。

テーブルから零《こぼ》れた熱湯が、剝き出しの鈴音の爪先を焼け爛《ただ》れさせていた。

「――眠っておられるか。死んでおられるか」

鈴音が呟いた。楓は戦《おのの》きながら呟く。

「鈴音……あなた……」

「何……？　紅茶、好きじゃなかった？」

鈴音は楓を見詰める。その目には感情というものがない。

楓は後ろの床に手を突き、僅《わず》かに距離を取ろうとする。

鈴音は湯を入れながら、ニヤリと厭な嗤いを浮かべた。

突然後方のドアが開く。

「楓！」

実乃梨と聖が飛び込んで来た。

「——紅茶、好きじゃなかった？」

同じことを繰り返す鈴音の爪先に熱湯は未だ零れ続けている。

身を固くする楓と、立ち尽くす二人はそれを見るしかできない。

ふいに鈴音の手から電気ケトルが落ちた。

ギクシャクした動きで身を捩《よじ》ったかと思うと、両手で顔を隠す。

呻き声のようなものが、手の隙間から漏れていた。

「何なの⁉」

実乃梨が叫ぶと同時に、鈴音の髪の毛がバサバサと抜け落ち始める。

「あの髪の毛……！」

楓が身を固くしながら声に出す。

分かった。そうか。優衣の部屋に、優衣のベッドに落ちていたあの髪の毛は。

「鈴音の、だったんだ……！」

機械仕掛けの人形のように、鈴音が身を捩り、そして、こちらを向く。

その顔には黒い血管の筋が走っていた。

白い目で上目遣いに笑みを浮かべた鈴音が、こちらに向けて飛びかかって来る。

私たちがいなくなるまであと三日――。

第四章

変貌した鈴音が襲いかかってくる。

床からやっと立ち上がった楓を後ろから摑《つか》み、強い力で部屋の奥へ投げ飛ばした。

「止《や》めろっ！」

実乃梨が割って入るが、首を絞められ、そのまま壁に叩き付けられる。その衝撃と反動で彼女は床に転がった。

「実乃梨！」

聖が駆け寄るが、鈴音の暴走は止まらない。

床に倒れている楓に狙いを定め、足下からじわりじわりとのし掛かってくる。

顎も外れんばかりに大きく口を開け、楓の首筋に嚙みつこうとした――その瞬間だった。

チャペルの鐘の音が鳴り響く。

鈴音は動きを止め、一旦楓から身を離す。そして、立ち上がると窓の外を眺め始めた。

「楓！」

聖たちは楓を助け起こし、部屋の外へ転がり出る。

「ちょっと！　何の騒ぎ⁉」

廊下を通りがかった宮川先生が駆け寄ってくる。

「先生！」

「お祈りの時間よ？」

息を切らしながら呼びかける楓たちにも、先生は全く意に介することない。

「先生、鈴音が！」

楓の訴えに漸《ようや》く表情が変わった。

「佐倉さんが、どうかしたの？」

部屋を振り返る。しかしそこに鈴音の姿はない。

窓が開き、カーテンが外からの風でふわふわ揺れている。

「……え⁉」

楓たちは部屋の中へ戻るが、何処《どこ》にも姿が見つからない。カーテンを開け、下を確かめても何もなかった。忽然《こつぜん》と姿を消した、としか言いようがない。

（亜須未のときと、同じ……）

楓はあの日のことを思い出していた。

楓、実乃梨、聖は食堂に場所を移していた。

「同じだ、亜須未の時と」

楓が絞り出すように、口に出す。

「で、でも、どうして鈴音が？」

聖が疑問を呈《てい》する。

「どういうこと？」

実乃梨が訊《き》けば、聖が伏し目がちに答える。

「だって……！　鈴音は行っていなかったんだよ？　……残美村《ざんび》に」

そうだ。呪いの原因であるはずの〈残美村へ行った事実〉は、鈴音にはない。

当然の疑問だったが、誰にも答えられなかった。


授業終わりの鐘が鳴る。

生徒たちはその日の勉学をいつもと変わりなく終えた。

ただ、楓のクラスでは諍《いさか》いが起こっていた。

「いい加減にして！」

優衣が珍しく真顔で怒っている。相手は楓だ。

「呪いだとか、ざんびだとか……。あなたの遊びに、付き合っている暇は、ないの」

席を立つ優衣に、楓は食い下がる。

「信じられないのは分かる！　けどお願い。村に行ったとき何があったか教えて」

「しつこいわね……！　知らないわよ、何も！」

教室には優衣と加奈、恭子、あずさの他にも殆《ほとん》どの生徒が残っている。皆、いたたまれない表情でこのやり取りを見守っていた。

「そんなに知りたければ、自分で調べればいいじゃない」

何も言えなくなった楓を置いて、優衣たちは出て行った。

楓は諦めない。周りに向けて、問いかける。

「みんなも！　あの村について知っていることがあったら教えて！　このままじゃ、この学園が大変なことになってしまう」

しかし反応はよくない。空気がどんどん冷えていく。

「お願いします……！」

楓は深々と頭を下げた。それでも誰ひとりとして口を開かない。

「……帰ろ」

楓を一瞥《いちべつ》し、瀬奈が凛を連れて席を立つ。それがきっかけになったのだろう。他のクラスメートたちも次々に荷物を纏《まと》め、廊下へ向かっていった。

だが、教室にひとり取り残された楓を廊下から覗《のぞ》く生徒がいる。

顔の両側に二つの三つ編みを下げたその人物は、一条《いちじょう》詩織《しおり》だった。

高等部一年の頃、楓と同じ図書委員で顔見知りの少女だ。

何かを言いたげな表情だが、途中で踵《きびす》を返し、去って行った。

しかしそれを楓は知らない。

◆

日も暮れ、入浴時間になった。

優衣はシャワールームで汗を流している。

そこへ誰かが近づいて来た。

廊下から、ドアへ。ドアから、シャワー室へ。そして。

冷たい風と物音に、優衣は気付いた。

お湯を止め、後ろを振り返る。しかし誰もいない。

安心し、身体を洗い出した優衣の背後で、またおかしな気配が漂った。声なのかそれとも何か他のものなのか。耳慣れない音が聞こえる。

外を確かめても、やはり何もなかった。

手早く泡を洗い落とそうとする優衣だったが、やはり気になったのだろう。

再び背後に首を巡らせる。そこには知っている人物が立っていた。

いつの間に来ていたのだろうと優衣は引き攣《つ》った笑顔で声を掛ける。

「なんだ、驚かせないでよ」

瞬間、その誰かの腕が素早く優衣の首を掴む。

そして、やや間が空いて、優衣の苦しげな声がシャワー室に満ちた。

◆

同時刻、主人のいなくなった亜須未の部屋で、あの風車が音を立てて回り始めた。

ゆっくりと、でも確実に。

回る度に羽根は亜須未と楓の入学式の記念写真に影を落とした。

その頃、楓は自室で勉強をしていた。が、手につかない。

机の上には割れたフォトフレームがある。その中で笑っている楓と亜須未。

懐かしく、幸せな思い出がある、入学式の記念写真だ。

しかし今は見たくない。楓はフレームを伏せた。

ため息を吐いたとき、ドアがノックされる。

「……はい」

誰だろう。返事がない。

「誰なの？」

問いかけても答えが返ってこない。仕方なく、楓はドアを開ける。

「――詩織」

そこにいたのは詩織だった。

「何か、用？」

詩織は無言のまま、楓を見詰めていた。

◆

詩織が楓の部屋を訪ねていた時刻、聖は自室でアプリのアルバムにアップされた写真を調べていた。次々にスワイプしていく途中、ある写真で指が止まる。

亜須未と六枚羽根の風車が写ったものだ。

何か考え、また画像を切り替える。

今度は優衣だが、手前の足下に風車があった。

柚月、穂花。瀬奈、凛。そして優衣の別角度。やはりどの写真にも風車がある。それぞれ撮影している位置が違うから、全部で五本あることになるだろう。

「……あれ？　これって、まさか」

聖は何かに気付いた。

その途端、優衣が写った写真の風車が動き出す。

カタカタカタカタとぎこちないが、確実に回り出した。

取り乱す聖の背後から、何かが近づいて来る。

恐る恐る振り返れば、そこには残美がいた。

自分たちと同じ制服を着た少女の残美だ。

そいつは左手で聖の右手首を摑んだ――ところで目が覚め、聖はベッドから飛び起きる。

荒い息の中、薄暗い周囲を見る。自分の部屋だ。

（え？　いつの間に……私、眠っちゃったんだろう）

写真を調べていたのは確かだ。しかしその後の残美はなんだ。念のため周りを確かめても、残美がいたような痕跡は何ひとつなかった。

（……うん。調べ物の途中で寝落ちしたんだよ。きっと）

自分を安心させながら、ふと下に目を落としたとき、彼女は信じられないものを見た。

右手首にハッキリとした痣が残っていた。

五本の指の――左手で捕まれた痣《あざ》だった。

（夢だったはずなのに！　夢だったのに！）

自分の手首に残った痕《あと》に、聖はただ震えるしか出来なかった。

◆

その日は朝から天気が悪かった。

学園上空に垂れ込めた雲は、太陽の光を弱めている。

天候のせいか図書室の利用者が多い。そのような状況だったが、楓と実乃梨、聖の三人は机のひとつを占領して、情報交換を行っていた。

実乃梨が訝《いぶか》しげな声を上げる。

「それ本当？」

「うん。詩織が言ってた。確かに見た、って……」

楓は詩織から聞いた内容を二人に話す。

あのバスケットの授業があった日、詩織は水飲み場近くで亜須未と鈴音の姿を見た。

亜須未は鈴音の背後から覆い被さるように首筋を吸っていた。

「亜須未が鈴音を襲ってた、って」

「だから、村に行っていない鈴音が……」

楓の情報に得心のいった実乃梨とは対照的に、聖は顔を強張《こわば》らせている。

「やっぱり、あんな村、行くべきじゃなかったんだよ！」

聖の大きな声に、周りの生徒が一斉にこちらを向いた。

「どうしたの、急に……」

窘《たしな》めるような実乃梨の言葉を無視し、聖はブラウスの右袖を捲《まく》る。

そこには、あの手形がまだ残っていた。ギョッとした顔で楓が問う。

「どうしたの……？　それ」

「夢で、残美に摑まれて……起きたら、同じ所に！」

「それホント？」

信じられないという様子の実乃梨に、聖は食って掛かる。

「私だってこんなの初めてだよ！　……このまま放っといたら、ここも昔の残美村みたいに……！」

「けど、どうすればいいの⁉」

楓の声も大きくなってきていた。

「警察に、報せる、とか」

冷静なのは実乃梨だけだ。しかし楓はそれも否定する。

「信じてくれると思う？」

「ダメか……」

深いため息を実乃梨が吐《つ》く。沈鬱《ちんうつ》な空気が場を支配しそうになった。

だが、聖が口を開いた。

「……ねえ、私、写真見てて、気づいたことあるんだけど」

聖が手書きの地図を取り出す。

中心に祠《ほこら》がある。残美村の、あの祠周辺の地図だ。

その周りには亜須未たち、クラスメートの写真が貼り付けてある。どれもあの風車が入ったものだった。

「この印は？」

実乃梨の質問に、聖が答える。

「風車があった場所。写真から大体の位置を割り出したんだけど……何かの形に、似てると思わない？」

「そう言われても……」

楓は分からない。

「じゃ、これならどう？」

聖がペンケースから赤いペンを取り出し、勢いよく線を引いた。

真ん中に祠。周囲の風車を繋いだその形は、星形だった。

「星の形」

実乃梨が呟くように言う。

「これ、偶然……？」

「違う！　これは封印よ」

訝しげな楓を聖は否定する。

「封印？」

耳慣れない言葉に、実乃梨は困惑している。

「星型――つまり五芒星《ごぼうせい》は、昔から邪悪なもの、穢《けが》れたものを封じる印なの」

風車が描く星形。五芒星。封印。楓はハッと思い出す。

「あの時、亜須未……」

地面から、風車を抜いていた。

「じゃあ、亜須未が封印を……？」

実乃梨の言葉を聖が肯定する。

「その可能性はあるよ」

実乃梨は明らかに狼狽《ろうばい》している。

「だったら拙《まず》いよ。あの風車、まだ亜須未の部屋にあるんでしょ？　すぐにでも処分しないと……」

それだけではダメだと聖は言う。

「みんなにもこのこと報せないと……」

報せる。みんなに。

楓はこの言葉を心の中で何度も反芻《はんすう》した。

◆

寮の一室。
そこの棚には高価そうなコスメやマニキュアが並んでいる。
側に置かれたスマホも派手なカバーが付けられていた。
そのスマホにメールが届き、すぐさまチェックされる。
『変な写真を撮った人がいたら、すぐに教えてください』
送り主は山室楓、とあった。
スマホの画面に、パラパラと髪の毛が落葉のように舞い落ちる。
いつまでも繰り返し抜け落ちる。
机の前にある鏡には、大きく歪んだ顔が映し出されていた。

◆

楓はゴミ捨て場にいる。
焼却炉には火が点《つ》けられ、赤い舌のようにチロチロと内部の壁面を舐《な》めていた。

その手にはあの六枚羽根の風車が握られている。

亜須未の部屋から回収したものだ。

楓は風車を焼却炉へ投げ入れた。あっという間に炎に巻かれていく。

そこへ上杉砂羽《うえすぎさわ》が蓋《ふた》付きのゴミ箱を持ってやって来た。

亜須未と同じ写真部の部員で、同じ部の五十嵐麗奈《いがらしれな》の親友だ。表面的なイメージよりも気が強く、優衣たちと余《あま》り仲が良くない人物である。

「何してるの？　こんなとこで。楓って掃除当番だったっけ？」

「ううん。ちょっと……」

立ち去ろうとする楓を入れ違いに、砂羽は焼却炉にゴミを捨てようとした。

「げっ！　なんなの、これ……」

彼女が大声を上げた。自らが持ってきたゴミ箱の中を覗いている。

「どうかした？」

「見てよ、これ」

蓋の開けられたゴミ箱の中には、大量の髪の毛と抜け落ちた爪が棄《す》てられている。

「このゴミ、何処《どこ》から……」

「分かんない。持って来る時、まとめちゃったし……。えっ？　これって人間の爪？」

硬い声を上げる砂羽を余所《よそ》に、楓はこの髪の毛と爪の持ち主が誰なのかが気になった。

だが当然そんなことは分からない。

ただ、残美がもうひとり増えていることだけは確かなようだった。

◆

日の暮れた寮の廊下を、詩織が歩く。

突然、照明が明滅した。

背後から何かの気配を感じ、思わず振り返る。

誰もいない。再び歩き始めるとまた照明が不安定になった。

首を傾《かし》げながら後ろを見たが、やはり何もない。

前を向いたとき、飛び上がりそうになった。

優衣が眼前《がんぜん》ギリギリに立っていたからだ。

「優衣……」

驚かせないでよ……そんな風に言葉を掛けようとしたとき、優衣の顔に黒い筋が走り出した。そして、黒目が白く染まる。

人差し指の爪が剝《は》がれた手で、優衣は詩織を――襲った。

◆

「――本当なの？　もうひとりいるって……」

講堂では実乃梨と楓、聖が集まっている。

楓は昨日の出来事を二人に話していた。

「だけど、風車は棄《す》てたんでしょ？　なのに、どうして……」

「わっかんないよ……。そんなの」

実乃梨の質問に答えることは、楓にはできない。後は黙りこくるしかなかった。

「呪いは広がっているんだ……」

聖が声を上げる。

「誰かはわからないけど、そいつは絶対に私たちの中にいる。何食わぬ顔をして……」

「だとしたらどうやって止めればいいのよ⁉」

「わからないよ！　私だって」

実乃梨と聖が言い合っているが、楓は無言のままだ。

一瞬間が空き、聖が何かを思い出す。

「そういえば、楓。あの村で記者の人に会ったって言ってたよね？」

守口琢磨。癖のある頭髪に眼鏡《めがね》を掛けた中年男性だ。

「うん。それが？」

「その人に連絡してみたら？　もしかしたら何か情報をもらえるかもしれない」

楓は守口の名刺を貰っていたことを思い出していた。

◆

楓たちが守口のことを話していた時分、彼の車は残美村近くの道に止められていた。

４ＷＤの大きな車体で銀色だ。

車内にはスマホや信濃中央新聞社の記者証が放置されている。

何処からか着信が入っているが、取るものはいない。

プツリと切れ、ホーム画面が浮かび上がる。

そこには守口と小さな——五歳くらい——の少女の写真が設定されていた。

父親と娘といったところか。

画面は暗くなっていき、そのまま消えた。

持ち主は未だ戻ってくる気配がなかった。

◆

楓はスマホの通話を切った。

逆の手には〈信濃中央新聞社　守口琢磨〉の名刺が握られている。

楓、実乃梨、聖は講堂のバルコニーで守口にコンタクトを取ろうとしていた。

しかし電話を取ってくれない。

「ダメ。出ない」

楓は首を振る。

意気消沈する一同であったが、聖が下の方を歩く詩織を見つけた。

「あ、詩織」

楓は詩織にもう一度会おうと思った。何か新しいヒントがないかと思ったからだ。

実乃梨と聖を連れ、講堂のバルコニーを後にした。

校舎内、階段近くにあるベンチに座っている詩織を見つける。

三人が近寄ると、彼女から声を掛けてきた。

「座る？」

申し出を断り、楓は詩織に問う。

「いい。それよりもう一度、話聞かせてくれないかな」

「話、って？」

「亜須未のことよ。他に何か気付いたことない？」

実乃梨の質問にもあまり良い反応がない。

「さぁ……？　そう言われても……」

「とても大事なことなの」

必死な楓に、詩織は謝る。

「ごめん。力になれなくて……」

その時、何処からか巨大な銀蠅が飛んできて、詩織の顔に止まった。

そのまま左目に這入《はい》り込み、眼球の表面で前足を擦《こす》り合わせている。

しかし、彼女は無反応だ。普通なら、払い除《の》けたり、声を上げたりするものだろう。

「――ねぇ」

聖が何かに気付き、指を差す。

楓と実乃梨はその方向を見た。

すぐ近くにあるガラス窓に、詩織の顔が映っている。が、左側が酷《ひど》く歪《ゆが》んでいた。

銀蠅が飛び去り、詩織が微笑《ほほえ》む。

「どうか、した?」

「詩織」「そんな」楓と実乃梨が嘆《なげ》きの声を上げる。

急に詩織が立ち上がった。

微笑《ほほえ》みが、高笑いに変わる。

嘲《あざけ》るように笑いながら、詩織はその場を立ち去っていった。

三人はただそれを見送ることしかできなかった。


いつものように鐘が時刻を告げる。

夕暮れが迫る中、楓たちはチャペル内にいた。

ふいに聖が立ち上がり、外へ出ていこうとする。

「聖?」

楓の呼びかけにも振り向かない。

「私、出て行く」

「出ていくって、どこへ……」

訊《たず》ねた実乃梨に強い口調で言い返してきた。

「わかんないよ！　でも私、もうこんなところにいたくない……！　もう嫌だよ、こんなの……」

反響する訴えが楓たちの耳を打つ。聖が肩を震わせ始めた。

楓と実乃梨はどうしてよいか分からない。考え倦《あぐ》ねていると急に震動音が鳴り響く。

チャペルのベンチに置いておいた楓のスマホだった。

非通知の電話だった。

「誰？」

「分からない」

実乃梨に聞かれても心当たりがない。

悩んだ末、電話を取った。

「――はい」

『――あの時の、女子高生か。どうした。何かあったのか？』

ああ、さっき掛けた着信履歴を見てくれたのだろう。

「守口さん……」

実乃梨と聖が近寄ってきた。通話内容に耳をそばだてる。

『あったんだな』

「はい」

『実は残美村だが、こっちもおかしな事になっている』

「え？」

『……消えたんだ、村の住民が』

守口は残美村の住居内にいる。その手には懐中電灯が握られていた。

たった今淹《い》れたばかりらしきお茶や、火に掛けられた鉄瓶が湯気を立てている。

『改めて電話する』

「あ、あのう……」

守口は一方的に電話を切った。

「村の住人が消えたって、どういうこと？」

実乃梨に訊かれても、状況がどうなっているのかなど楓に理解できようはずがない。

「分からない。分からないけど……」

それ以上の言葉が出てこない。静かになったチャペル内で、幽《かす》かな音が聞こえた。

細かい木の枝を折るような、木同士が擦り合うような、そんな音だ。
音の出所を探る楓の目に、信じられないものが飛び込んでくる。
説教台の上に、焼け焦げた六枚羽根の風車が回っていた。
「どうして……！　燃やしたはずなのに……！」
愕然とする一同を嘲笑うかのように、音を立てて風車は回る。
不穏な、禍々《まがまが》しい風を運ぶように。

私たちがいなくなるまであと一日――。

第五章

朝、外部業者の出入りが終わり、守衛が学園の門を閉じる。

堅牢《けんろう》な造りであり、侵入者を許さない。昨今の事情を鑑《かんが》みた結果だろう。

広大な学園はこうして、外部からの脅威から生徒たちを護《まも》っていた。


始業前の教室、楓たちのクラスは空きの席が目立つようになっていた。

加奈、恭子、あずさが優衣の机を眺めながら、眉を顰《ひそ》めている。

「優衣、どうしたの?」

加奈に続き、恭子も口を開く。

「メールもラインもダメ。携帯にも出なくて」

そう。優衣も姿を消していた。その様子を窺《うかが》いながら、楓は呟《つぶや》く。

「また消えてる……」

クラス中がこの異常事態にピリピリしていた。

騒ぎの渦中、実乃梨も聖も神妙な面持ちで口を噤《つぐ》むしかない。

その時、廊下から宮川先生が入ってきた。

朝のホームルームを行うためだが、実乃梨が立ち上がる。

「先生、みんなは？」

クラスに残っている全員が、固唾《かたず》を飲んで返答を待っている。

先生はふわりと微笑《ほほえ》んだ。

「みんなはね、ご家庭の事情でお休みしているの」

「家庭の事情で、こんな一斉に⁉」「先生、何か知っているんじゃないですか？」

柚月や穂花も訴えるが、先生は無表情のまま教室を見渡す。

「みんなはね」

先生の語気が少しだけ荒い。

「ご家庭の事情でお休みしているの」

「さっきからそればっかり！」「ちゃんと説明してください！」「優衣はどこに行ったんですか⁉」

加奈たちが騒ぎ出す。

先生が視線を上げ、宙を見つめながら、口を開いた。

「みんなはね。ご家庭の事情でお休みしているの」

繰り返される言葉と歪《いびつ》な微笑みに、生徒たちは黙るほかなかった。

静かになった教室を是《ぜ》としたのか、先生が告げる。

「では、お祈りの前に出欠を取ります」

これまでのやり取りがなかったかのようだった。

先生のその異様な振る舞いに首を傾《かし》げた瀬奈は、ふと隣の席の凛を見る。

凛は何かを凝視するように、じっと教室の何もない天井を見上げていた。

「……？」

その姿に瀬奈は違和感を覚える。自分も見てみるが、そこには何もなかった。


教室移動のために、凛は廊下を歩いている。

「凛！」

瀬奈が後を追いかけてきた。凛に追いつき、話しかける。

「みんながいなくなったのって、楓が言ってた事と関係あんのかな……」

しかし凛は無言だ。

「言ってた、だろ？　呪い、とか、ざんび、とか」

不安げな顔の瀬奈に構わず、凛が立ち止まる。窓の外を指さし、言った。

「――亜須未がいる」

示す方向へ瀬奈が目を向ける。

向かいにある校舎の屋上、その縁に腰掛ける、亜須未の姿が確かにあった。

こちらを見下ろし、微笑んでいる。

「あっ」

瀬奈が声を上げた途端、亜須未の姿は忽然《こつぜん》と消えた。

探すがもう何処にもいない。

瀬奈は呆然と立ち尽くす。

再び歩き出した凛が囁《ささや》く。

「みんな、いるよ」

何を言っているのだろう。瀬奈は黙ってその背を見つめる。

「――学校の中に」

凛はそれだけ言うと、そこから立ち去っていった。

◆

鐘が鳴り、授業の終わりを告げる。

放課後、生徒たちはそれぞれの場所へ動き出した。

聖は教室へ戻るため、廊下を歩いている。

向こうから砂羽と五十嵐麗奈がやって来た。思わず目を伏せ、聖は脇を通り抜けようとするが、砂羽が肩をぶつけてくる。しかし聖は何も言わず、ただ通り過ぎるだけだ。

砂羽と麗奈が振り返り、そんな聖に嘲笑を向ける。

黙りこくって教室に入った聖は、自分の机の上に広げられた教科書やノートを見つけた。

赤いペンで〈裏切り者〉〈変人〉〈オカルトオタク〉〈うぜーんだよ〉などのラクガキがされている。

更に机の中に突っ込まれていたノートには〈死ね〉〈くたばれ〉〈学校くんな〉という直接的な罵詈雑言《ばりぞうごん》が残されていた。

誰の仕業《しわざ》か分かる。が、聖は黙って耐えるほかなかった。

◆

楓が屋上へ行くと、そこには聖がいた。

　ここは他の所と違い、完全に柵がない。取り壊し作業の機材や取り外した資材などが散乱している。その機材のひとつ、横渡しになった足場に聖は腰掛け、スマホで音楽を聴いているようだ。

　青空が広がり、快い風が吹いている。

　楓は聖に声を掛けた。

「聖。探したよ、ここにい……」

　聖の目から涙が流れ出していた。微《かす》かな嗚咽《おえつ》も風に乗って耳に届く。

　楓はその横に座った。気配で察知したのか、聖がこちらを向く。

　自分が泣いていたことを思い出したのか、慌てて涙を拭《ぬぐ》った。

　楓は何も言わず、何も見ず、黙って寄り添っている。

　聖が楓を見詰めた。楓はその耳に手を伸ばし片方のイヤホンを取ると、自分の耳に嵌《は》める。流れていたのは楓と父親との思い出のあの曲だった。楓は目を閉じる。

　一本のイヤホンの左右を分け合い、二人は黙って聞く。

「――楓」

　聖の声に、楓はゆっくり目を開けた。

「ありがと……一緒にいてくれて」

二人は一瞬見つめ合い、そしてすぐ空へ視線を上げた。

遠く、高い青空の向こうに白い雲が流れている。

風は彼女たちの頬を優しく撫でるように、いつまでも吹いていた。

◆

夕食時、実乃梨は制服姿のままでトレーを運んでいる。

空いた席を見つけ、適当に座ると近い場所に柚月と穂花がいた。

彼女たちはすでに部屋着になっている。

柚月は声を潜めているが、会話が耳に入ってくる。

「ホントに見たんだって……吹奏楽部《スイ》の後輩の子が」

「え……嘘でしょ」

「真夜中に音楽室から、ピアノの音が聴こえてきて、誰かと思って、中見たら……」

「その子は、何で真夜中に音楽室になんか行ったわけ？」

「だからぁ、部活でサックス忘れて、取りに行ったの」

気になる話だ。実乃梨は横から口を挟む。

「なに？……怪談話？」

柚月は否定する。

「違うよ……鈴音がいたって話。真夜中の音楽室に」

「鈴音が……⁉」

そこへ穂花が加わってきた。

「だって、あの子、ずっと学校休んでる。寮にだって、いないはずでしょ」

「とにかく、最近おかしいよ……」

柚月の言葉を余所《よそ》に、実乃梨は考える。何故、音楽室に鈴音がいるのか。あの娘は漫画研究会だ。いや、それ以前の問題で、彼女は残美《ざんび》になっている。

実乃梨は一抹の不安を感じながらも、この情報が重要な案件であることを感覚で理解していた。楓たちにも教えないといけない。

食事もそこそこに、彼女は席を立った。

◆

その夜、楓の部屋に三人で集まった。

テーブルの上には、聖のノートパソコン、クッキーとお茶が置いてある。

実乃梨はクッキーを囓《かじ》りながら、楓はお茶を飲みながら聖の作業を見守っていた。

「よし……！」

液晶画面には、学園内の監視カメラ映像が映し出されていた。リアルタイム表示ではなく、録画データを読み込んでいるようだ。

キー操作で切り替えも可能らしく、聖は幾つかのパターンで表示させる。

「何で、こんなの見れるわけ？」

感心した楓が訊《き》く。

「この学校のセキュリティなんてラクショーだから」

楓と実乃梨はふんふんと頷《うなず》くが、あまりよく分かっていない。

クッキーを片手に、実乃梨があの話を出した。

「みんな噂《うわさ》してる……学校の中で、消えた子の姿を見かけたって……」

十倍速再生の最中、聖が小さく叫ぶ。

「……いた！」

音楽室の扉から誰かが出て来ている。制服を着ていた。

「巻き戻して！」

実乃梨の指示に、聖がキーボードを叩《たた》く。

「ここ！」

映像がズームされる。

粗い映像でも分かる。これは——優衣だ。

優衣は監視カメラの方を向いている。その顔の左側が酷《ひど》く歪《ゆが》んでいた。

「やっぱり学校の中にいるんだ……」

画面を凝視しながら、聖が断定する。

三人が優衣の崩れた顔を見ているときだった。

突然ドアが激しく叩かれた。

予期せぬ事とタイミングのせいで、身体が飛び上がってしまう。

「誰だろ……？」

楓は立ち上がる、また、強くドアがノックされた。

鍵を開けると同時に、外にいる誰かが勝手に扉を開ける。

そこにいたのは——ジャージ姿の瀬奈だった。

「凛が、いなくなった、ってどういうこと？」

楓の問いに、瀬奈は頷く。

「夕方、約束してたのに、全然連絡つかないから、部屋に行ってみたんだ」

瀬奈が行くと、ドアの鍵が開いていた。

中へ入ると、テーブルに二つのカップが置いてあり、どちらとも淹《い》れ立てらしき紅茶が湯気を立てている。

しかし誰もいない。

窓が開いており、カーテンだけが閉まっていた。

瀬奈はそのカーテンを開いてみた、と言う。

「──そしたら、窓枠の所に沢山の髪の毛が落ちていた」

「亜須未の時と一緒……」

楓が誰に向けることなく呟く。

「凛が私に黙って何処《どこ》かへ行くなんて……絶対におかしい！」

焦燥《しょうそう》の瀬奈が皆に感情をぶつけてくる。

瀬奈の表情に楓は亜須未を思い出す。

中学の入学式での出会い。深まった絆。いつも私を明るく照らしてくれた。亜須未は私の太陽だった──。

彼女はもう……。

「――凛を探そう」

楓は瀬奈を誘う。

「でも、どうやって？」

実乃梨に訊かれ、楓は部屋の隅に置いていた小さな段ボール箱を持ってくる。

「楓、それって……」

怯《おび》える聖の前で、箱は開かれた。

中には焼け焦げたあの六枚羽根の風車が入っている。見つけた後、回収していたのだ。

取り出しながら、楓が皆に説明をした。

「……残美が現れた時、この風車は回る。確証はないけど私はそう思う」

「え……？」

実乃梨が疑問の声を上げるが、楓の耳には届いていない。

「風車を持って、校内を探そう……これが回った場所に、残美がいるって事でしょ？」

「……て、事は……凛は、ザンビになった、ってことか？」

瀬奈は悲壮な表情を浮かべる。だがその疑問には誰も答えない。答えられない。

「分かった。凛を、探そう！」

決意の瀬奈は、楓と真っ直ぐに向き合う。

楓はしっかりと頷いた。


夜の校内を、懐中電灯を持った瀬奈を先頭にして歩いて行く。

二番手の楓の手には、あの風車と懐中電灯があった。

三番手は実乃梨で、木製のハンガー。四番手は聖でテニスラケットだ。

ラケットはテニス部主将の瀬奈のもので、それを聖が借り受けている。

恐る恐る進んでいく。

音楽室へ通じる廊下へ出る。

一番奥がそのドアだ。懐中電灯の光が届くほどになったとき、おかしな音が聞こえた。

「何の音だ?」

瀬奈は身構える。どう言えばいいのだろうか。楓にはピアノの音のように感じられた。

それも、滅茶苦茶なパターンで組み合わされた音、不協和音か。

「ピアノ?」

楓の意見に、実乃梨が続く。

「音楽室じゃない?」

扉の前まで辿《たど》り着いた途端、風車が音を立てて回り出す。

「やっぱり……」

予想は当たった。楓は音楽室に残美がいると確信する。

また不協和音が鳴った。

「ほんとに……行くの……？」

聖が泣きそうな声を上げる。瀬奈は首を縦に振り、扉を開く。

「凜！」

瀬奈が呼びかける。しかし返事はない。

音楽室の中はいつも通りだ。譜面台。コントラバス。アコースティックギター……変わったものは何も見当たらない。

「いるのか？　凜……！」

やはり答えはない。そこで聖が指摘する。

「もう風車は回ってない。ここじゃないんだよ……！　だからもう行こうよ！」

「凜がどうなっても、いいのかよ！」

「そうじゃないけど……」

瀬奈の剣幕に、聖は顔を伏せる。

音楽室の探索は続いた。だが、何も見つからなかった。

「他の場所を探そう」

楓の意見に、瀬奈と聖は賛成する。しかし実乃梨は違った。

「一応、ピアノの中も見てみない？」

屋根を開けた瞬間、全員絶句する。

中は蜘蛛《くも》の糸や蚕《かいこ》の糸を思わせるものが張り巡らされ、中身のない繭《まゆ》のようになっていた。

その合間には、抜け落ちた髪の毛や爪が散乱している。

「何これ……」

楓の口から自然に呻《うめ》きが漏れる。怯えた聖が「もう帰ろう！　ここから出よう」と促《うなが》す。

全員が音楽室から飛び出した。

だが、最後尾にいた楓は皆を呼び止める。

「ちょっと待って」

その手に握られた風車が回り出していた。

「え……？」また音楽室に戻るのかと、聖は不満げな声を上げた。

「違う。音楽室じゃない」

楓は否定しながら、風車をかざす。回転が速くなる方向があった。

「こっちだ」

辿り着いたのは、トイレの前だった。

「トイレの中……」

楓は風車とトイレを交互に見比べる。

「ダメだよ……もう行こう！」

聖が悲鳴のように叫ぶ。

しかし、瀬奈は楓から風車を奪うとトイレの中へ駆け込んだ。

三人は後を追う。

瀬奈は個室を手前からチェックしていく。一番目、何もなし。二番目。何もなし。三番目も何もなし。残すは四番目だ。

ひと呼吸置き、瀬奈は扉を開く。

洋式の便器があるだけだった。

しかし風車は回転を止めない。やはりここには何かあるのだろうか。

立ち去ろうとしたとき、風車が一際回転を速めた。

「ちょっと、待て」

瀬奈は皆を呼び止める。

掃除用具入れの扉に向けたとき、風車は一番早く回った。

観音開きの戸を、瀬奈は思い切って開ける。しかし、そこにはモップを洗ったりするのに使うスリップシンクがあるだけだ。

瀬奈は風車を天井へ向けた。更に回転は速度を速めていく。

天井には天井裏点検口があった。

「天井の裏に、何かいる！」

興奮したような口調で、瀬奈が言う。

彼女はスリップシンクに懐中電灯と風車を入れ、そこを足場にして点検口を開いた。

「もう止《や》めて！」

聖の言葉は届かない。瀬奈は怖れることなく点検口に頭を突っ込んだ。

彼女は少しの間、天井裏を確かめる。

そして、何かを見つけた。いや。見つけられた。

突如として瀬奈の身体が上方に向けて跳ね上がる。

宙に浮いたまま、手足だけが痙攣《けいれん》したように動いた——と思った瞬間、糸の切れた操り人形のように脱力する。しかし、身体は下りてこない。誰かが。否《いな》。多分、残美が上で瀬奈の首を――。

三人は絶叫し、トイレから逃げ出した。

廊下を駆ける内、楓と聖は実乃梨とはぐれてしまう。

「実乃梨は⁉」

楓に訊かれたが、聖にも分からない。引き返そうとした瞬間、脇の方から誰かが飛び出してきた。一瞬それは実乃梨かと思った、が、違った。

残美だった。

追いかけられた二人は横にある通路へ進み、扉を閉じた。

残美の足止めには十分なようだった。どうもドアを開ける知能がないようだ。

しかし油断はできない。二人は保健室に駆け込み、戸を閉める。

息も絶え絶えに楓はベッドへ座り込んだ。聖は養護教諭用の椅子に腰掛ける。

「……実乃梨、無事だといいけど」

楓の言葉に聖は無言で大きく頷く。と同時に外で何か大きな音と、唸《うな》り声が聞こえた。

楓がため息を吐く。

「うわっ……！」

聖が悲鳴を上げた。

「聖？」

まん丸く目を見開いて、聖は後退《あとじさ》っていく。

視線の先は、楓の座っているベッドの下だった。楓は自分の足下に目を落とす。

突然、手が飛び出してきて、足首を摑《つか》まれた。

驚き、立ち上がろうとするが手の力が強すぎて振り払えない。そのまま転んでしまう。

ベッドの下にいたのは、ジャージを着た残美だった。

白い顔には黒い筋が浮き、長い舌の先が二股に分かれている。

楓を助け起こそうとした聖だったが、残美に殴られ吹っ飛んだ。

邪魔者がいなくなったからか、残美は楓の制服の後ろを片手で摑み、左右に振り回している。もの凄い力だった。

遂に楓は机に押さえつけられた。絶体絶命に陥《おちい》る。

聖はラケットで残美の背中を殴った。が、全く効いていない。逆に怒りを買っただけだ。

ラケットをもぎ取られ、そのまま窓際のベッドまで投げ飛ばされる。

残美は楓の襟首を片手で持ち、そのまま改めて壁際へ押しつけた。

嚙みつこうと、首筋に口元を近づけていく。

聖が残美に飛びかかった。後ろから羽交い締めにして、机に押さえつける。

「逃げて！」

叫びに近い声で、聖は楓に懇願《こんがん》する。

「お願いだから！　早く！　逃げて！」

楓は思いを断ち切るように、保健室から逃げ出した。

いつもなら走ってはいけない廊下を、懸命に駆ける。

「――楓！」

途中、他の廊下と接続する場所で呼び止められた。

柚月、穂花、加奈、恭子、砂羽、麗奈の六人だ。

殆《ほとん》どが部屋着だから、寮で寛《くつろ》いでいたのだろう。

「寮が！　みんなが！」

向こうの廊下から残美が一体迫ってくる。

全員必死に逃げた。辿り着いたのは調理実習室だった。

扉の鍵を掛け、段ボールなどで簡易バリケードを築く。

外からは獣のような唸り声と激しく戸を叩く音が響き渡った。

皆、窓際に近い方へ移動して、身構える。

その時、扉の磨《す》りガラスに誰かの手が叩き付けられた。

「……中に、入れてぇ！」

声とシルエットで分かる。

「聖……⁉」

楓が扉に近づこうとしたとき、後ろから呼び止められた。

「ダメッ！」

加奈だった。

「ダメだよ……聖、もう……ザンビかもしれない」

そういう柚月の顔はとても怯えていた。

「早くっ！」

聖の悲痛な声が響く。

「早く、中に入れてっ！　お願いだから！　中に入れて！」

戸を叩き続ける聖に対し、誰からも助けようという声が上がらない。

「お願い……お願いだから、中に、入れて！」

楓に選択の時が迫っていた。

私たちがいなくなるまであと五時間――。

第六章

空には満月が懸かっている。
そのまばゆい光はフリージア学園に静かに降り注ぎ、明るく照らしていた。
しかし、学園はすでに元の学園ではなくなっていた。
憩いの中庭にも、学びの校舎にも、暮らしの寮にも残美たちが闊歩《かっぽ》している。
少女らは手に手を取って逃げ惑い、そして、襲われる。
友が友を犠牲にし、友が友を助ける。それでもいつかは襲われる。
この学園に逃げ場はない。
友の目の前で少女らが残美《ざんび》の餌食《えじき》となる、ここは凄惨な狩り場だ。
襲われた少女は、もう少女ではない。
化けもの――新たな残美と化し、次の自分を増やす。
小島弥生《こじまやよい》と椎名美琴も同じだ。
転んだ美琴を助けられず、弥生はひとり扉の向こうへ押しやられる。

閉ざされた場所から、友――美琴が残美に襲われる様を見続けることしかできない。

美琴は残美の群れに飲み込まれ、そのまま姿を消していく。弥生本人も人の波に押され、遠く連れて行かれた。

美琴がどうなってしまったのか、弥生には分からない。

ここはもう、ただの狩り場に過ぎないのだ。残美の――。

◆

調理実習室では押し問答が続いていた。

「騙《だま》されんなよ！」

砂羽が楓を怒鳴《どな》りつける。

「そんなこと言ったって……このままじゃ聖が襲われる！」

「――楓……？　楓なの⁉　中に入れて！」

廊下から聖が呼びかけてくる。

「待ってて！　今、開けるから！」

扉に近寄ろうとする楓を再び砂羽が止める。

「楓！　あんた、聖がザンビだったら責任取れるの⁉」

「責任……⁉」

「私たちみんな、喰い殺されるんだよ！」

周囲の誰もが口を噤《つぐ》む。無言で砂羽の意見に賛同しているのだ。

「開けてよ……お願い、ねぇ！　開けてよ！」

聖が泣き叫ぶ。

「煩《うるさ》い！　黙れ！」

砂羽が拒絶の台詞《せりふ》を叩き付ける。

「……砂羽？　砂羽もいるの⁉」

「入れてあげようよ……」

麗奈がそっと進言する。だが、砂羽は聞き入れない。

「麗奈、あんただって聖のこと、気に食わない、って言ってたじゃん」

思わぬ反撃に麗奈は黙ってしまう。

「あのカス、楓や実乃梨とつるみ始めて、調子コキやがって……！」

砂羽の言葉に、楓が反応する。

「何のこと？」

麗奈が後を続ける。

「聖、楓たちと仲良くなって、私たちから離れていったから……」

「知ってるか？　あいつはウソつきだって……」

砂羽が扉を強く叩《たた》いて、聖を揶揄《やゆ》する。

「自分に気を引こうとして、UFO見たとか、幽霊見たとか……今だって、嘘《うそ》ついてるに決まってる！」

聖が必死に訴える。

「麗奈。麗奈もいるんでしょ！　開けてよ！」

堪《たま》らなくなったのか、麗奈が砂羽の名を呼ぶ。

「あん⁉　てめえみたいなウジ虫は一生、私の言う事、聞いてりゃいいんだよ！」

「ウジ虫……？」

黙っていた加奈が、大声を上げた。

「いい加減にしろよ！」

「あんッ？」

砂羽も引いていない。その態度も気に入らないのか、加奈はヒートアップする。

「さっきから、うるせえんだよ！　カースト底辺グループが！」

二人の言い争いに嫌気がさし、楓はひとり無言でバリケードをどかし始める。

「楓！」

気付いた砂羽が止めに入るが、もう言うことは聞きたくない。

「責任は取る。聖を中に入れる」

不満げな砂羽に、対案を告げた。

「その代わり、聖を縄で縛る。それならいいでしょ！」

無言の砂羽を放置し、楓は聖を中へ入れ、椅子に座らせる。バリケードを組み直した後、調理実習室にあったガスホースでその両手を後ろ手に縛った。

「――聖、ごめんね」

「大丈夫……ありがとう」

楓と聖の様子を遠巻きに眺める六人は、あまり納得していないようだ。

「これで満足？　でも、まだ安心はできないよね」

六人に向け、聖が挑むように話しかける。

「え？」

バットを肩に担いだ砂羽が、小さく訊《き》き返してくる。

「この中に残美がいないって、誰が証明できるの？」

聖の指摘に、砂羽は気付いたようだ。

「砂羽、あんたが残美でも、おかしくない」

「私は違う！」

否定するが、そこに証拠はない。聖は全員を見回し、指摘する。

「この中に、もう残美になっている子がいる可能性だってあるんだよ」

それぞれがそれぞれの様子を盗み見る。

疑心の渦が巻き起こり始めた。

楓は何故《なぜ》聖がこんな態度を取るのか理解できない。まるで、自分に憎しみを集めているだけではないか。そうなれば自動的に……。

（あ）

楓は気付く。聖は自分を庇《かば》い、護《まも》ろうとしているのではないか。

今すぐ問いただしたい気持ちもある。だが、今それを口に出して良いのか。聖の気持ちを蔑《ないがし》ろにするのではないか。

楓はあえて黙ることを決めた。代わりに何が起こっても絶対聖だけは護る、と誓って。

◆

一方その頃、実乃梨は図書室にいた。

未整理の書庫と本棚の間に、身を隠すようにしゃがみ込んでいる。

そこへ何かの呻《うめ》き声のようなものが聞こえた。

空気が抜けるような、それでいて荒々しい獣のような。

息を潜め見守っていると、棚の向こうに何かが現れた。

残美——なのだが、他のものと違うように見える。

髪の毛は銀髪で、見えている肌が酷《ひど》く白い。血の気というものがまるでない。

加えて、身に着けてる制服に蜘蛛《くも》や蚕《かいこ》の糸のようなものがへばりついている。

(何、あれ)

実乃梨は気付かれないよう、じっと動かないよう努力する。だが、本に手を当ててしまい、床に落としてしまった。静かな図書室に音が響く。

白い残美はゆっくりと実乃梨のいる方向へ振り返った。

(気付かれた)

ジワジワと残美はこちらへ向かってくる。緩慢な動きだが、それが逆に厭《いや》だ。

実乃梨はしゃがみ込み、身を小さくしてやり過ごそうとした。

その時、外から少女の叫び声が響いた。

他の残美に襲われたのだろうか。

気がつくと白い残美の姿は消えていた。

さっきの声の方へ行ってしまったのだろうか。どちらにせよ助かったことは間違いない。

実乃梨は、ほっと胸を撫で下ろした――が、まだ油断は出来なかった。

◆

調理実習室では、今もまだお互いを牽制《けんせい》し合うことが続いている。

砂羽は隣の麗奈に疑いの眼差しを向けた。

「私は違う！　だって、一緒に逃げてきたじゃん！」

「疑うなんて、最低だね」

二人の様子を横目に見て、恭子と加奈は吐き棄《す》てる。

緊迫感の中、穂花がその場にしゃがみ込んだ。

両手で顔を覆い隠し、苦しげに背中を丸めている。

「まさか」「残美⁉」

周囲の疑いに気付かず、穂花は咳《せ》き込み始める。

「違う……」

柚月が穂花の背をさする。

「この娘、喘息《ぜんそく》で……！　発作が！」

駆け寄った楓が訊《たず》ねる。

「薬は？」

穂花はただ首を振る。もう話すことも辛いのだ。

「持ってないの？」

改めて訊く聖に、穂花は息も絶え絶えに答える。

「く……すり、へ……や」

「どうしよう……」

楓は困った声を上げた。

「そんなの部屋に戻るしかねえだろ！」

砂羽が言うことはもっともだが、現状だと危険きわまりない。

「外にでるの？」「止《や》めた方がいいって！」加奈と恭子も止める。

「でもこのままじゃ、死んじゃうよ！」

麗奈が焦《あせ》った声を出す。

背中をさすりながら、柚月が顔を上げた。

「……私、一緒に部屋に戻る」

「え？」「無理だって！」楓と聖も賛成しかねた。

しかし、柚月の決心は変わらない。

「穂花、少しなら歩ける……？」

優しい柚月の声に、穂花はただただ頷《うなず》くだけだ。

柚月は穂花の肩を抱え、立ち上がった。

「柚月……柚月、待って！」

楓が止めた。砂羽からバットを奪うと、柚月に渡す。

「ありがとう……」

楓たちは二人を見送ることしかできなかった。

◆

柚月と穂花は廊下を歩く。

幸いなことに、残美の姿は何処《どこ》にもない。
「穂花、頑張ろう」
苦しそうに頷く穂花を連れ、柚月はゆっくり歩を進める。
だが、遂に残美の群れが彼女たちを見つけてしまった。
「穂花！　急いで！」
柚月は彼女を庇《かば》いながら、廊下の角を曲がっていく。
しかしすぐに追いつかれそうになる。
柚月は覚悟を決めた。穂花を背中に隠し、バットを構える。
だが、その背中に強い衝撃を受け、柚月は前に転んだ。
振り返ると、両手を前に突き出している穂花の姿があった。
こちらに一瞥《いちべつ》くれると、次に彼女の目は残美の群れを捉《とら》える。
そして、発作も忘れたように走り出した。
自分だけ助かろうと、穂花は柚月を残美どもの供物《くもつ》として差し出したのだ。
残美らは柚月の手足を押さえつけ、無防備な部分へむしゃぶりついていく。
悲鳴が轟《とどろ》くが、それは何処にも届くことなく、虚空へ吸い込まれ、終わった。

逃げ切って、角を曲がった穂花の前に、人影が立ちはだかった。

宮川先生だった。

「先生、助けてください……！　先生、助けてください！」

穂花は後ろにいる残美だけを気にしている。彼女の言葉には一度も「柚月が襲われているんです。助けてください」というものは出てこなかった。

「……お祈りの時間よ」

先生が、抑揚のない聞き慣れた台詞を囁《ささや》く。

振り返った穂花の目には、白い瞳をした先生がいた。

そして、大きく口を開けると、中から白い糸が吐かれ——。

◆

調理実習室には、柚月と穂花の叫び声が届いていた。

彼女たちは、そのトーンで二人がどうなってしまったのか、全てを悟った。

沈黙。脱力。重い空気が全員の気力を奪っていく。

「——そうだ。警察」

加奈が思い出したように呟《つぶや》く。

「警察に、電話すればいいじゃん！」

「加奈、携帯、持ってるの？」

恭子が訊ねる。

「私は持ってないよ。あんた、持ってないの？」

「あんな時に、携帯なんか……」

加奈が呆れたような、怒りを嚙《か》み殺したような声を上げる。

「誰も持ってないわけ⁉」

砂羽が高笑いを響かせ、ポケットからスマホを取り出した。

高慢な態度で、全員にかざしてみせる。

「すぐに警察！」

「ちょっと待って……警察より前に」

恭子の意見を砂羽は喰い気味に止める。

彼女の視線は、聖を捉えていた。

「ここにザンビがいないか、先に調べた方がいい」

砂羽が笑顔で聖に向かって近づいてくる。

「ザンビを炙《あぶ》り出すんだよ！」

二人睨《にら》み合うが、途中で砂羽が楓に訊ねる。

「写真に写るんだろ？　ザンビかどうか、って」

「その前に警察だろ！」

加奈が食って掛かるが、砂羽は言うことを聞かない。

「警察が来る前に喰い殺されたら、おしまいだろ！」

あまりの剣幕にさすがの加奈も黙りこくった。

「私の携帯だろ！　私の好きにする！」

砂羽はゆっくり歩いて、加奈と恭子の前に立つ。

「じゃあ、ひとりずつ……壁の前に立って」

独裁者気取りの砂羽が楓を振り返る。

「まずは、楓から」

「まずは、自分からじゃない？」

毅然とした態度の楓に、砂羽は舌打ちを返すことしかできない。

彼女はアプリを起動し、インカメラで自撮りする。

「見せて」

楓を睨み付けながら、砂羽はスマホを突きつけるように見せた。

どこにも歪《ゆが》みがない。後ろにいる麗奈も綺麗《きれい》に映っている。が右側の顔なので、まだ判断が難しい。

「気が済んだかよ？　ほら、壁の前に行けよ！」

立場が逆転したかのように、砂羽は楓に命令を下す。

楓は砂羽から距離を取り、白い壁の前に立った。

スマホが向けられ、撮影が行われる。

「……オッケ」

砂羽が小さな声で残美ではないと判断を下した。

「次。次は加奈」

しかし加奈は気が進まないのか、なかなか動かない。こんな状況なのに、学園カーストの上下を気にしているのだろうか。

「早く行けよ！」

加奈が撮られる。砂羽はオッケーを出す。少し残念そうなのは何故だろうか。

「次は恭子」

恭子も壁際へ行かない。砂羽から視線を外し、ふてくされて見える。

「壁の前に行って！」

それでもそこから離れない恭子に焦《じ》れて、その場で砂羽がシャッターを切る。

写真は加奈と砂羽が確認した。歪みはない。

「……馬鹿らしい」

これは、砂羽に対する恭子の精一杯の厭味《いやみ》なのだろう。しかし効果はあった。砂羽を苛《いら》つかせるに充分だったはずだからだ。

憮然とした砂羽が、くるりと聖の方を振り返る。

残忍な笑みが浮かんでいた。

「さあ、次はあんただよ……聖」

腕を縛られ、椅子に座ったままの聖にレンズを向ける。

が、アプリが閉じ、電池切れの表示が画面に浮かんだ。

「え……なんだよ⁉」

焦る砂羽を見て、聖は鼻で嗤う。

「なんだよ……！　お前がザンビなんだろ⁉　何とか言えよ、テメー！」

笑みを浮かべる聖に激高し、砂羽はスマホを投げ棄《す》てた。

「写真なんていい！　今すぐ、この場で絞め殺してやる！」

聖を突き倒し馬乗りになると、砂羽は両手でその首を絞め始めた。
皆が砂羽を止めに入る——ただ一人を除いて。
騒ぎの後ろで、一人の少女が髪の毛を掻《か》き毟《むし》っている。
大量の髪の毛が抜け、その両手に絡まりついていた。
混乱の中、楓がそれに気付き、その名を呼ぶ。
「麗奈……？」
獣じみた唸り声を上げながら、白い瞳の麗奈は砂羽に近づいていく。
異変に気付き、振り返った砂羽に麗奈が噛《か》みついた。
両手足を硬直させる砂羽を尻目に、加奈、恭子は我先にと逃げ出していく。
楓は聖を助け起こし、すんでの所で麗奈の攻撃を躱《かわ》す。
四人は麗奈から逃げ出した。加奈たちは楓たちとは別の方向へ走っていく。
調理実習室の床には、両手両足を投げ出して倒れる砂羽が残された。
楓と聖は図書室へ逃げ込んだ。
扉を閉め、鍵を掛ける。
机の上には開かれた本やノートが残っている。多分、誰かがここで自習をしていたのだろう。元の持ち主は何処へ行ったのか分からない。

周囲を警戒する聖の腕から、ゴムホースを外す。

「ごめんね」

「ううん……」

聖の両手が自由になったとき、外から激しい悲鳴が聞こえた。

何者かの影が差す。

四方八方から叫び声が交差していく。残美の数はかなり増えてしまったようだ。

二人は身を隠す場所がないか、図書室の中を探す。

丁度良さそうなのは、書庫棚の裏だろうか。

そこへ入ろうとしたとき、誰かと鉢合わせした。聖は腰を抜かし、床にへたり込む。

「――二人とも、生きていたんだね」

相手は実乃梨だった。しかし楓は疑いの眼差しを向けてしまう。

「実乃梨？」

「ホントに、実乃梨？　なの？」

床に這《は》いつくばったまま、聖も訊ねた。

「ほら、何処も嚙まれてないでしょ？」

実乃梨は首回りを見せながら、潔白を訴える。

聖は飛び上がるように起き上がり、実乃梨の無事を喜ぶ。

「でも、これからどうしよう……」

珍しい楓の弱音に、実乃梨は案を出す。

「私達だけじゃどうにもならない……早く助けを呼ばないと……携帯は？」

楓と聖は首を振る。

「私も落としちゃって……」

顔を曇らせる実乃梨に聖が訴える。

「事務室に電話がある！　ここからなら……近い」

◆

誰もいなくなった寮の廊下には、本や植木鉢、バッグなどが散乱している。

荒れ果てた楓の部屋からはスマホの振動音が響いていた。

相手は非通知である。

木々に囲まれた何処かに、銀色の４ＷＤが止まっていた。

運転席では守口が電話を掛けているが、相手が取らないのか繋がらない。

「糞《くそ》！」

電話を切り、毒づく。掛けた相手は楓だったようだ。

キーを回すが中々エンジンが掛からず、数度目かでやっと唸《うな》りを上げた。

シートベルトを嵌《は》めた守口が後部トランク部へ視線を流す。

そこには毛布に包まれた大きな荷物が載っていた。

◆

楓たちは事務室まで辿《たど》り着いていた。

プッシュホンの電話を掛けようとするが、何処にも通じない。

「実乃梨、そっちは？」

「ダメ」

楓は他の電話機も試すが、どんな番号でも繋がらない。

「きゃっ！」

聖の悲鳴が聞こえた。彼女は奥のスペースにあるロッカールームを調べていたはずだ。
視線を向けると、硬い表情で後退《あとじさ》る姿があった。
「これ、何……？」
ロッカールームへ駆け寄った楓と実乃梨も、見た。
並んだロッカーの右から四番目には、扉がついていなかった。
その中には、白い糸が充満しており、まるで虫の繭《まゆ》のようになっている。
いや、本当に繭かも知れない。
何故ならば、中で何かが胎動していたからだ。
恐る恐る三人は近づいていく。そして、楓が繭《まゆ》に向けて左手を伸ばす。
突然、繭が割れ、中から腕が飛び出してきた。
私たちがいなくなるまであと四時間――。

第七章

繭《まゆ》を突き破った腕が、更に裂け目を広げていく。
中から出て来たのは、銀髪でショートカットの――残美《ざんび》、だった。
繭の糸だらけの黒いツーピースのスカートスーツを身に着けている。
女は下手くそなダンサーが踊るロボットダンスのような動きを繰り返す。
いや。これは新しい身体の動作を確認している、と例えた方が良いのかも知れない。
呆然と立ち尽くす楓たちを無視して、女は延々と踊り続ける。
両手を天に向けた後、漸《ようや》く動きが止まった。
顔には黒い血管が浮き、黒目が白く変化している。
左手をこちらに向けて、口を開いた、
「おいのりの、じかん、よ」
聞き覚えのあるフレーズに、楓は動揺を隠せない。
「……まさか、先生?」

楓たちの担任。宮川愛先生なのか。この白い残美は。

「ああっ！　ああっ！　ああっ！　ああっ！」

先生はもう人語を口にしない。何かを叫びながら三人に向けて突進してくる。

危ういところを躱《かわ》すと、先生は机に突っ込む。

が、急に上半身を反転させ、聖を捕まえようと飛び起きた。

聖も抵抗する。叫びながら先生を突き飛ばしたが、反動で転んでしまった。

先生の白い瞳が聖を捉《とら》えた。

倒れたままの聖の上に覆い被さっていく。

楓は周囲に武器を探した。机の上に、大きなセロテープカッターを見つける。錘《おもり》の入った、かなり重量のある物だ。

それを容赦せず、先生の頭部めがけて投げつけた。

ゴツッという鈍い音を立て、クリーンヒットした……のだが、あまり効いていない。それればかりか、標的が楓に切り替わってしまった。

「――楓！　どいて！」

実乃梨が走り込んできて、先生の頭部をモップでフルスイングした。

嫌な音と共に首が横に九十度折れる。

モップを投げ捨てた実乃梨が聖を助け起こそうとする。しかし先生はあっという間に回復を始めていた。首を鳴らしながら、じっと聖たちを見詰めている。三人に体勢を立て直す暇も与えてくれない。

追い込まれていく彼女たちに打つ手はもう何もないように見えた。

だが、唐突に先生は動きを止めた。

見れば、心臓の辺りから赤く染まった棒が飛び出している。

斜めに尖《とが》った木の棒——折れたモップの柄《え》が後ろから突き立てられている。

力なく頽《くずお》れる先生の後ろから、見覚えのある男性が姿を現した。

「守口さん……！」

残美村で出会った、信濃中央新聞の記者、守口琢磨だった。

守口は荒い息を吐きながら、倒れた先生の身体を睨《にら》み付けている。動かないことを確認し、楓たちに向き直った。

「幾ら電話しても出ないから……まさか、こんな事になっているとは」

「一体、何なんですか、これ……」

実乃梨の質問に、守口は吐き棄《す》てるように答える。

「神人《かみびと》だ」

「かみびと？」

繰り返す楓に、守口は落ちていたバットを拾いながら説明を始める。

「残美のなれの果てだよ。記憶や感情を失った、生きる屍《しかばね》だ。こうなったら、残美と違って……殺すこともできない」

「え……？」

残美と違って、殺すことができない？　楓は理解が追いつかない。

だが、目の前に転がった先生の死体が痙攣《けいれん》を始めた。心臓辺りを完全に貫かれているのに、それすら関係なく復活を遂げようとしている。

「今のうちに逃げるぞ」

守口は率先してロッカールームから出ようとしている。

しかし余りの衝撃に三人は動けない。

「何をボサッとしてる、死にたいのか！」

守口の叱責で、やっと楓たちは立ち上がった。

先生の――神人の様子を気にしつつ、四人はその場を後にした。

守口を先頭に、校舎の廊下を進む。

曲がり角で足を止めた。どこもかしこも残美だらけだ。進みたい方向へ幾体もの残美共が屯《たむろ》っており、突破は難しいようだった。

「……仕方ない。向こうへ回ろう」

守口の指示に三人は従う。途中、中庭へ抜けられる場所へ辿《たど》り着く。

カーテンを開けると、倒れた人に寄り添う生徒の姿があった。

守口は引き戸を開けようと鍵を外す。

生徒が振り返った。白い目と黒い血管が浮いた顔をしていた。

四つん這《ば》いのまま、まるで野良猫のようにこちらに向けて威嚇《いかく》してくる。

慌てて施錠した守口が呻《うめ》く。

「こっちもダメか！」

聖が弱音を吐き出した。

「もう厭《いや》……早く家に帰して……」

「聖、落ち着いて……」

実乃梨がその肩を抱き、落ち着かせようとする。

「……守口さん」

楓が何かを思いついた顔だった。

校舎の非常ベルが鳴り出した。

残美共は、音がする方へ不器用に歩いて行く。

そしてランプの点いた非常ベルのパネルに群がっていく。

残美は音に弱いのか。それとも非常ベルが鳴るとパネルに近寄り止めたくなるのか。それは分からないが、囮として充分に役立ってくれる。

その隙を突いて、四人は進む。残美は一切気がついていないようだ。

ベルの音が止んだ。誰かが止めたのか、それともオートで止まったのか。どちらだろう。

廊下の途中、出入り口から上半身をはみ出せさせて倒れた生徒の姿があった。

四人それぞれ注意を払いながら、すれ違う。

全員が通り抜けた後、その生徒は教室へ引き摺り込まれた。上半身が有った場所は、まっ赤な血が線のように残っていた。

「この先か」

「ええ。突き当りを曲がれば、職員用の出入り口です」

守口に楓が教える。

そこの出入り口から外へ脱出する算段だ。

先に進もうとしたとき、実乃梨が呼び止めた。

「ちょっと待って！」

誰かの泣く声が聞こえた。

「あそこ」

実乃梨が指さす先は行き止まりにあるドアだ。確か掃除用具入れだったと思う。

「よせ！　止《や》めておけ！」

「でも、このまま見捨てるなんてできない」

楓がゆっくりと近づき、静かにドアを開いた。

中にはモップを握りしめた生徒の姿がある。

「いや……来ないで……来ないで！」

生徒はこちらを身もせず、ただ拒否だけを繰り返す。

「落ち着いて！　大丈夫！　何もしない」

楓が宥《なだ》める。何度も繰り返す内、相手もこちらの声を聞けるようになった。

「あなたは一年生ね……名前は？」

「……内藤《ないとう》……恵美《めぐみ》」

「恵美ちゃん。もう大丈夫……。だから出て来て」

説得に成功した……と思ったときだった。

「ダメよ、楓！　その娘から離れて！」

実乃梨が叫ぶ。振り返ると、その手にはハンディミラーが握られていた。

「え？」

「その娘から離れて！」

実乃梨がミラーを恵美に向ける。写し出された顔の半分が――歪《ゆが》んでいた。

楓は恵美に向き直る。彼女はすでに残美の顔に変わっていた。

「何で分かった……？」

恵美が聖たちに向けて襲いかかる。

「何で！　分かった！」

実乃梨が聖を突き飛ばす。残美は実乃梨に標的を変えた。

そこへ守口が飛び込んで来た。

金属バットをフルスイングする――が、恵美は片手でそれを止める。

あっという間に形勢は逆転し、守口は壁に追い込まれた。

「なんて……力だ……！」

大の男を、小柄な女子高生が圧倒している。

「実乃梨！　後ろ！」

実乃梨と聖の後ろから新たな残美が近づいてきていることに気付いた楓は、二人を護《まも》ろうと残美に飛びつく。

一方、壁際の守口は、恵美に舌を突き立てられようとしていた。

万事休す――その時、不意にチャペルの鐘が鳴った。

残美たちは天を見上げて、その場でフラフラと気の抜けたような動きを繰り返す。

「行くよ！」

実乃梨が聖を立ち上がらせようとするが、彼女は首を振る。

「足が……！」

「私に捕まって！」

実乃梨が肩を貸す。その横から楓もフォローに入った。

守口と三人は、偶然の鐘のおかげで何とか窮地を脱した。

「誰がこんな……」

実乃梨が力なく呟《つぶや》く。

四人は職員用出入り口に着いてはいた。が、その扉が鎖で完全に封じられていた。

「私たちを逃がさないつもりだ……」

楓が眉を顰《ひそ》める。

足の激痛で聖が座り込んだ。実乃梨が近づき、ごめんと謝る。

「私が突き飛ばしたりしたから」

「大丈夫、ちょっと捻《ひね》っただけ」

強がる聖の向こうでは守口はチェーンと格闘している。しかしビクともしなかったようだ。諦めて戻ってきた。

「ダメだ、開かない」

そこへ、呻《うめ》き声が近づいてきた。

廊下の向こう、白い壁に影が差す。

胸に長い棒が刺さったそのシルエットは、宮川先生だった。

「先生だ……」

「行こう。ここから離れるんだ」

守口に促《うなが》され、楓たちは職員出入り口を立ち去った。

四人は講堂に立てこもっていた。

実乃梨が聖の右足首を靴の上からハンカチで固定している。

「……どうして、こんな事に」

呆然としながら、楓が口に出す。

「――呪いだ」

鍵を閉めてきた守口が楓の疑問に答える。

「え?」

楓が問い返す。

「君は百年前、あの村で何が起こったか知っているか?」

「村人たちが残美に殺されて滅んだって……」

「そう。すべては一人の女の恨みから始まった。その女の怨念は、百年たった今も生き続けている……」

「守口さんは、どうしてそんなに詳しいんですか」

「好奇心だよ。これでも記者だからね。地図にも載っていない村の噂を耳にして、ほんの軽い気持ちから、あの残美村を調べ始めたんだ。それがこんなことになるなんて……」

「だったら教えてください。どうしたらみんなを助けられるのか」

しかし守口は楓に背を向ける。何か言いたくないことがあるのだろうか。

「守口さん！」

振り返らず、守口が口を開く。

「……巧《うま》くいくかどうかわからないが、たった一つだけ方法がある」

「方法ってどんな……」

「それは――」

ドカン、と大きな音が鳴った。全員が音の方へ視線を向ける。

操作室のドアが、静かに、ゆっくりと開いていった。

固唾《かたず》を呑んで見守る一同の前に姿を現したのは――。

「瀬奈……」

楓はその名を呼ぶ。そして無事を喜んだ。

「無事だったんだね」

瀬奈がこちらに向けて、一歩足を踏み出した。その右手には、風車が握られている。

その羽根は、勢いよく回転していた。

「……そんな⁉」

実乃梨が悲しげな声を上げる。

「どうして逃げるの？　やっと凛のこと、みつけたんだよ……」

瀬奈が徐々に近づいてくる。その後ろから、凛が続く。二人とも残美になっていた。

「おい」

守口の呼び掛けは届かない。楓たちは呆然とその場から動けなかった。

威嚇《いかく》しながら瀬奈たちは迫ってくる。

守口が前に出た。その手には消火器が握られている。

瀬奈たちに向け、白い薬剤を噴射した。

残美とは言え、苦しいのだろうか。瀬奈たちは身を捩《よじ》り薬剤を避ける。

「今のうちに、早く！」

守口の言葉に我に返り、楓たちは講堂から逃げ出した。


荒れた廊下を四人は行く。

先頭は守口と楓。その後ろ、遅れて実乃梨と聖がついてくる。

聖の足は大分悪そうだ、上手く歩けていない。

「大丈夫、私が付いているから」

聖を励ましながら、実乃梨は肩を貸す。

だが、四人を前後二つに分断するかのように、脇の教室から残美が飛び出してきた。残美は実乃梨たちを追いかけ始めた。逃げ場がなく、二人は来た方向へ戻る。しかし、そちらからは瀬奈たちがやって来た。挟み撃ちだ。前門の虎、後門の狼、である。

いや、一箇所だけ逃げ道があった。横にある教室だ。実乃梨が聖を引っ張り込み、扉を閉めるのが見えた。

「実乃梨！」

楓が叫び、助けに行こうとする。が、守口が止めた。

「よせ！」

「でも助けないと……」

「他人の心配をしてる場合か！」

守口は楓の腕を取り、無理矢理引っ張っていく。後ろ髪を引かれる思いで、楓はその場を離れることになった。

◆

逃げ込んだ教室に実乃梨は簡単なバリケードを作る。

文化祭で使った資材が残っているおかげで、材料には事欠かない。

外には残美たちが殺到し、今すぐにでも扉が破られそうになっていた。いや、残美一人一人の力——成人男性を遥《はる》かに凌駕《りょうが》するほどの——を考えれば、よく持っていると考えるべきだろう。

(でも、もっとバリケードを頑丈にしなきゃ)

一人ではとても手が足りない。実乃梨は聖を叱《しか》り飛ばす。

「聖……聖！　聖も少しは手伝って！」

しかし彼女は放心状態で膝を抱えたまま座り込んでいた。が。突如大声を上げた。

「……どうして！」

一度溢《あふ》れた感情は止められない。聖は叫び続ける。

「どうして……私たちがこんな目に遭わなきゃいけないの……？　私、もう、無理！」

咄嗟《とっさ》に実乃梨がフォローに入る。

「聖！　頑張ろうよ！　きっと、助かるから！」

しかし聖は納得しない。

「もう無駄だよ！」

「聖！」

すでに実乃梨の顔から余裕は消えている。聖にも気持ちが伝わっているはずだ。それなのに、ネガティヴな思考に聖は陥《おちい》っている。

「だってそうでしょう⁉　どうやってこんな所から逃げ出せるって言うのよ！」

「諦めないで！」

「私たち、今日、ここで死ぬんだ！　死んじゃうんだよ！」

「馬鹿言わないで！」

実乃梨は聖の肩を掴《つか》み、真っ正面からその目を見詰める。

「私たちは死なない！　聖のこと、私が必ず護《まも》る……！」

聖の唇が薄く動くが、言葉にならない。実乃梨はそんな彼女を抱き締める。

「……護るから！」

実乃梨の言葉は、聖に向けただけではない。きっと自分自身への誓いであり、自らを鼓舞するためのものだろう。そうしないと多分、耐えられない。

聖もきっと気付いている。だから、こうやって抱き締め合っている。

二人はお互いを大事に思う。お互いを護るために。

◆

暗い廊下の一角では、守口と楓が残美を避けながら進んでいた。

「こっちだ」

校舎のエントランスに着いた。部活動などで得たカップや盾、優勝旗がずらり並んでいるが、その周辺も投げ棄《す》てられた物たちで荒れに荒れている。

ふと楓は疑問を口にする。

「あの、どうしてですか」

「何が?」

「どうして守口さんは、ここまで私たちのこと……」

守口は立ち止まり、楓を振り返る。

「……いずれ君も親になったらわかるよ。行こう」

再び歩き出そうとしたとき、強い照度の懐中電灯に目を射貫かれた。

「そこで何をしてる?」

男の声だ。それも聞き覚えがある。光が下ろされた。

「守衛さん……」

楓にとっては顔なじみだ。修学旅行から戻ったときも出迎えてくれた。

「ダメじゃないか。こんな時間に勝手に入っちゃ」

「すみません。でも私たち……」

「出口まで、一緒に、送ってあげるから、一緒に、来なさい」

守衛の顔が時折引き攣《つ》ったように動く。それに合わせて、言葉も途切れた。

「はい……」

「……待て！」

素直に返事をし、従おうとする楓を守口が止めた。

「何をしている。早く、来なさい」

やはり守衛の顔面が時々引き攣れる。

そして、くるりと踵《きびす》を返した。その首から大量の出血があり、制服を汚している。

守口と楓は息を呑んだ。コイツは……。

「来なさい、って、言ってるだろうがぁ」

守衛が振り返る。口が大きく開く。

「来なさい、って、言ってるだろうがぁぁあああああ!!」

顔面に黒い筋が走り、瞳が白く濁っていった。

守衛は迷わず守口に襲いかかる。

力で押さえつけようとしてくるので、守口はその足を蹴った。が、全く効いていない。丈夫なトレッキングシューズでの蹴りでも、こたえていないようだ。

逆に突き飛ばされ、ソファに倒れ込む。

守衛は執拗《しつよう》に守口を攻めてくる。必死に抵抗するが、力負けは明白だ。

遂には床に引き倒され、上から覆い被さろうとしてくる。守口は足を伸ばしそれを突っぱねるが、耐えきれなくなるのは時間の問題だろう。

もう駄目かと思われたとき、急に守衛の残美から力が抜け、倒れた。

守口が見ると、その背中には優勝旗の尖った先端が突き立っている。

傍《そば》には楓が立っているが、その両手がワナワナと震えていた。

「大丈夫ですか……？」

気丈にも楓は守口を労《いたわ》る言葉を発する。

「悪い、助かった……！」

肩で息をしながら守口は立ち上がる。突然、楓の呼吸が荒くなった。彼女の視線は足下に倒れる守衛の――残美の死骸《しがい》に注がれている。

「気にするな。さぁ急ごう」

守口は守衛の懐中電灯を拾い、楓に先へ進むことを促《うなが》した。

少女の横顔には、いつまでも動揺が貼り付き、残っていた。

◆

守口と楓は地下に続く階段を下りていた。

「あの……皆を助ける方法って？」

先行している守口に楓が訊《たず》ねる。

「……すぐに分かる。いいから黙ってついてこい」

階段を下りきった先に辿《たど》り着いた。

そこにあるドアには〈ボイラー室〉とあった。

「持っていてくれ」

守口が楓に懐中電灯を渡し、ドアのノブを摑んだ。

歯を食いしばりながら、彼はドアを開く。かなり重いらしく、一苦労していた。

何とか開き、再び楓から懐中電灯を受け取る。

中に入るとポンプやタンク、配管が並んでおり、かなり狭い。

少し進むと僅《わず》かにスペースが空いている場所が出てくる。

そこには蠟燭《ろうそく》が置かれた祭壇のような物があった。

守口は一本の蠟燭にジッポーライターで火を灯《とも》す。

「あとは点《つ》けてくれ。ここと、ここと、ここ」

ライターを楓に渡し、守口はどこかへ行ってしまう。

楓は指示されたとおり、蠟燭を灯していく。一本。二本。三本。

全ての作業を終え、振り向くと守口の姿を見つけた。

そこには人がひとり入れるような大きな蓋《ふた》付き桶《おけ》が置かれている。

周りには五本の燭台《しょくだい》でぐるりと取り囲まれていた。どうも床に五芒星を描き、その頂点に燭台を設置しているようだった。

天井部分には注連縄《しめなわ》が貼られ、紙垂《しで》が垂らされている。

「これって……？」

蠟燭の揺れる光の中、守口が答える。

「これが全てを終わらせる方法だよ……」

「え……？」

「百年前の女の怨念を封じ込める。それにはどうしても君の協力が必要だ」

「私の……。でもどうすればいいんですか？」

守口が何かを言いかけて、止《や》めた。そして他の指示を出す。

「その前に、その箱の中にある紐《ひも》を取ってくれないか」

「あ、はい……」

楓はライターを仕舞い、守口に背を向けて段ボール箱を開ける。

中から赤い組紐を取ろうとした時、何の気配を背後に感じた。

振り返る。

そこには守口が立っていた。

彼は懐中電灯を振りかぶり、楓の頭に――彼女の意識は、そこで途切れた。

私たちがいなくなるまであと三時間――。

第八章

「痛った……」

楓は目を覚ました――が何も見えない。

周囲は闇に包まれている。そして、手足が伸ばせない。

「私、一体……?」

ポケットの中に硬い物がある。手探りで取り出して、それがジッポーライターであることが理解できた。蓋《ふた》を開け、フリントホイールを指で探る。

(あった)

楓はライターを点《つ》ける。

独特の臭いと共に、炎が灯った。一気に周囲が明るくなる。

周囲は丸い木壁だ。見上げるとそこも板で作られている。押してもビクともしない。

これは、まさか座棺――棺桶《かんおけ》か。

木肌には無数の黒く細い傷が入っており、全体的に古い物に感じられる。とはいえ手足を突っ張っても壊すこともできず、脱出ができない。

楓は棺桶に閉じ込められてしまったのだ。

「誰か……。誰か助けて！」

楓は外部に助けを求めた。

「ここから出して下さい！」

軽いパニック状態だ。楓は周囲を叩《たた》く。

「――漸《ようや》く、目を覚ましたか」

この声――守口のものだ。

「守口さん……！」

楓の記憶が蘇る。

（祭壇の近くで箱の中を探っているとき、私は守口さんに殴られて）

そうだ。それで意識を失ったのだ。

「どういうこと？　なんでこんな事するんですか⁉」

楓の訴えに動じることなく、守口は儀式の準備を進める。

皿に取った清めの酒を、棺桶の周囲に榊《さかき》で撒きながら彼は宣う。

「言ったろ？　女の怨念を……呪いを再び封じるんだ。悪いが君には、そのための、生《い》け贄《にえ》になってもらう」

「生け贄……冗談でしょ⁉」

「本気さ。あの女の怨念を封じるには、君のような若い娘の命が必要なんだ」

棺桶の中で絶句する楓と外でほくそ笑む守口の問答は続く。

「仲間を助けたいんだろ？　心配するな。俺が、きちんと、終わらせてやる」

何が可笑しいのか、守口の高笑いがボイラー室に響き渡った。

「出して！　お願いよ、ここから出して！」

楓は暴れる。しかし棺桶はビクともしない。

「無駄だよ。その棺桶は百年の間、朽ちることなくあの村に残っていたんだから」

「百年……」

残美村《ざんび》が一度滅んだのが、百年前。女の怨念が百年残って――。

まさか。この棺桶は、その時代の？

恐れおののく楓の目の前、棺桶の壁に誰かが引っ掻《か》いたような痕《あと》がある。

周囲にはどす黒い染みも滲《にじ》んでいた。

（これ）

恐る恐る楓はその傷に手を伸ばし、指先で触れる。

瞬間、脳に直接何かのイメージが流れ込んできた。

鏡に映る銀髪、白い瞳の女。

棺桶内部で壁面を掻《か》き毟《むし》る両手。

嘲笑《あざわら》いながら棺桶を埋める男たち。

悔しさに拳を何処《どこ》かへ叩き付ける女。

棺桶の壁面を引っ掻いて、剥《は》がれ落ちる爪。

叫び。嗚咽《おえつ》。慟哭《どうこく》。

「そんな……生きたまま埋められた……⁉」

楓の唇はワナワナと震える——。

◆

教室の窓や戸を叩く残美共の群れ。

今にも壊れそうだ。実乃梨と聖は必死で押さえている。

中に這入《はい》り込もうとしている連中の中には、見知った顔も複数あった。

「実乃梨！」

堪《たま》らず聖が叫ぶ。

もう限界だ。遂に戸が破られた。

文化祭——フリージア祭の準備途中の教室へ、残美の群れが侵入してくる。

が。制作中の立て看板や缶スプレーはあっても、何故《なぜ》か実乃梨と聖の姿はない。

狙っていた獲物を見失った残美たちはその行方を追って暴れ続ける。

——一方、当の実乃梨たちは窓の外にいた。

僅《わず》かな足場に立ち、背中を壁に押しつけている。地上三階。落ちれば捻挫《ねんざ》程度では済まないだろう。

「実乃梨ってさ、結構、胸あるんだね……」

聖が軽口を叩く。

「何言ってんの、こんな時に」

「だって……！　黙ってると頭おかしくなっちゃいそうになるんだもん」

実乃梨は口を閉ざす。聖は挫《くじ》いた足を庇《かば》いながら、ゆっくりと横へ移動を始めた。

隣の教室側まで辿《たど》っていき、そこから脱出しようとしているのだ。実乃梨もそれに続く。

見つからないように、気付かれないように。

不意にすぐ傍《そば》の窓が開かれた。

顔を出したのは、穂花だった。

ただし、黒目が白くなった、残美の穂花である。

「みー、つけた」

微笑《ほほえ》む穂花の顔には以前の面影があるものの、やはり残美でしかない。

思わず実乃梨は窓を閉め、穂花の首を挟んだ。

「酷《ひど》いなぁー。友達にこんなことするなんて」

平然とこちらに目を向けながら穂花が言う。

実乃梨は窓から手を離した。穂花が外へ出て来る。高所への恐怖心がないのか、あっさり狭い足場に立ち、こちらへ向かってにじり寄って来た。

実乃梨たちは逃げる。しかしスムーズにはいかない。速度には限界がある。

「そんな顔しないで。私たち、友達、でしょ?」

穂花が手を伸ばしてくる。実乃梨の肩が摑《つか》まれる。

あわやという瞬間、実乃梨はオレンジ色の缶スプレーを穂花の顔面に噴射した。

目潰しになったのか、穂花は顔を押さえた。それがよくなかったのだろう。バランスを崩し、叫びながら下へ落ちていく。

穂花の地面に激突する音が聞こえ、実乃梨は持っていたスプレーから手を離す。スプレー缶も穂花と同じく、下へ落ちていった。

「……死んじゃったの？」

聖に訊《き》かれるが答えられない。元クラスメートが潰れた姿を確認なんて、流石《さすが》に無理だ。

「分からない」

やっとそれだけ返事をした途端、聖が大声を出した。

「何？……」

「……大事なこと言い忘れてた」

「え⁉」

「実は私、高所、恐怖症なのー！」

残美が迫っているのにも関わらず聖は大きな声を上げる。見つかったらどうするのだ。いや、それ以前に今言うことか。呆れた実乃梨はため息交じりに言う。

「いいから、行くよ」

二人は再び移動を始めた。

◆

ボイラー室に置かれた座棺――棺桶の周りで蠟燭《ろうそく》が揺れている。

祭壇の前で守口が風呂敷を開く。中には五芒星の刻印が刻まれた白装束が畳まれていた。

続いて、他の布をほどいていくと先端が尖《とが》った棒が姿を現す。

途中途中に麻縄のような物が巻かれているが、滑り止めだろうか。

守口は棒を両手で持ち、背後の座棺を振り返る。

くるりとそちらを向き、棒の尻で床を叩いた。

その音に、棺桶の中の楓は身を固くする。

守口が、楓に問う。

「……人間にとって最もプリミティブな感情はなんだと思う？　怒り？　恐れ？　悲しみ？　……違う。それらは単に本能的な反応に過ぎない」

何故こんな事を今話すのか、楓の理解の範疇《はんちゅう》を越えている。

「旧約聖書〈創世記〉第四章。カインとアベルだよ」

守口は続ける。

「君もこの学園の生徒なら、聖書を読んだことがあるだろう。かつてカインとアベルの兄弟は、神に捧げものをした。神はアベルの捧《ささ》げものに目を留め、カインを無視した。それがもとでカインは弟アベルをその手に掛け、殺した。人間が起こした初めての罪だ」

言葉の合間に、守口は棒の尻を床に叩き付ける。まるで講談師のように。

「そう……嫉妬《しっと》、ジェラシーだよ。……ははははっ。嫉妬こそが、人間のもっとも純粋で、プリミティブな感情だよ！」

「だから何なのよ！」

もう守口に敬語は必要ない。楓は投げやりに、ぞんざいに答える。

「この呪いの始まりだよ」

「え……？」

祭壇の前を離れ、守口は棺桶の周りを歩きながら滔々《とうとう》と語り出す。

「……昔々、山深き村の地主のもとに、一人の女が嫁いできた。女は若く、気立てもよく、大変美しかった。地主は女をたいそう愛した。しかし――」

どうしてなのだろう。楓の頭に映像が浮かぶ。

神社の前。幸せそうな和装の夫婦。胸には赤ん坊を抱いている。

幸せを画に描いたような穏やかな光景。

床が棒で鳴る。楓は我に返る。

「それを妬《ねた》んだ村の女たちは、ことあるごとにあらぬ噂《うわさ》を流し、女を憎み、貶《おとし》めようとした。そして……とうとう……」

また、頭に浮かぶ。

白装束を身に着け、胸にはおくるみに包んだ赤ん坊を抱いた女。女は山道を必死に逃げている。しかしすぐに追っ手に捕まってしまった。追っ手は小汚い服を身に着けた男衆だ。

〈手間ぁ掛けさせやがって〉

ひとりの男が赤ん坊を奪い取る。

〈何するだい⁉　返してくん……〉

女は赤ん坊を取り返そうとする。だが、男衆が手に持った木製の掬《すく》い鍬《ぐわ》で容赦なく女を打ち据える。

男衆の後ろには、残忍な表情を浮かべた地主――夫の姿があった。

〈止めてくんなさい！　私は何も疚《やま》しいことはしていねぇい……〉

女の必死な呼びかけも無視して、地主は棒を受け取り、女を打つ。

〈まだ言うだか！　この女狐めが！〉

〈お前が村の男に色目を使っていたこと、俺が知らんとでも思うてたか！〉

女は否定する。

〈誤解だでぇ！〉

しかし地主は聞く耳を持たない。

〈この赤ん坊のててごはどいつだ！　言え！〉

〈信じてくれやい！　この子はあんたの子だに……〉

やはり言葉は届かない。地主は更なる折檻《せっかん》を男衆に命じた。

女は理不尽な、圧倒的暴力に翻弄されていく――シーンに何故か楓の身体もリンクしたかのように反応する。打たれる度に彼女の全身が跳ねるように動き回った。

女の悲しみ、悔しさ、怨念を受け取るように。

だが、楓の頭の中ではまだ恐ろしい光景が再生され続ける。

ボロボロにされた女は、男衆に抱え上げられ、棺桶へ逆さまに投げ入れられる。

〈おらぁ！　忘れもんだでぇ！〉

中で力なくぐったりとしている女に、何かが投げ入れられた。

赤く染まったおくるみに包まれたそれは――。

絶叫する女。

地主の命令で男衆は土を掘る。棺桶の蓋が閉じられた。

穴の中に棺桶は下ろされる。

〈おい、埋めちまえ〉

地主が命じる。男衆が嘲笑《あざわら》いながら土を被せていく。

生き埋めだ。女は激しく抵抗する。しかし外へ出ることは叶わない。


逆さまのまま藻掻《もが》く女。蓋を持ち上げようと藻掻く楓。

二人とも棺桶の中で壁面を掻《か》き毟《むし》る。

完全に意識が同調している。女の記憶を追体験させられている。

〈出してくれやい……出してくれやい……〉

「ここから出して……助けてぇ……」

〈なんも悪い事してねぇだに！〉

「何も悪い事してないじゃない！」

「助けて！　ここから出して！」

〈ここから出してくれやい！〉

外の風景は雪景色となっていく。

女はまだ棺桶の暗闇の中で生きている。

〈死なないわい。死んでなるものか……〉

季節は巡る。青々とした緑が広がり、命が芽吹いていく。

しかし土の下にいる女は違う。

以前とは全く違う姿へ変貌していた。

銀髪。白い瞳。血の気のない肌には黒い血管が走る。

彼女は〈神人《かみびと》〉になっていた。

神人は歌うように呪詛《じゅそ》を口にする。

〈おーのれぇー、のぉろって、やるぅー〉

楓も呪いの言葉を重ねていく。

「呪い殺してくれる！」

〈うあーっあっ、ぅあーっあっ、ぅあーっあっ、ぅあーっあっ〉

「うあーっあっ、ぅあーっあっ、ぅあーっあっ、ぅあーっあっ」

獣のような唸り声を上げ、二人の意識は更に重なり合っていく。

〈うあーっあっ、ぅあーっあっ、ぅあーっあっ、ぅあーっあっ！〉

神人の腕が、地上に突き出された。

指先には一枚の爪もない。長い間狭い座棺に捕らえられていたせいか、首と腰が曲がり、不格好な姿勢で夜の山道を駆けていく。

神人が狙った最初の獲物は、元夫――あの地主だった。

愛していたはずの地主に襲いかかり、躊躇《ちゅうちょ》することなくその首筋に舌を突き立てる。

そればかりか神人は地主の首をしゃぶるように喰らう。

地主の顔に黒い血管が浮き、瞳が白く染まっていく。

ここにまた残美が生まれた。

村は残美に汚染され、滅びの一途を辿《たど》っていく。

だが、何処《どこ》からか現れた祈禱師の集団に残美たちは駆逐されていった。

最後に残った最初の神人は五人の祈禱《きとう》師に囲まれ、封じの儀式を行われる。

六尺棒による五芒星に囚われ身動きの出来ない神人に、神鏡が翳《かざ》された。

鏡面に映る醜い顔を見て、神人は過去の自分を思い出す。

黒髪で輝くような肌をした自分。夫婦と子と、三人で幸福だった自分を。

今はどうだ？　銀髪に血の気のない肌には黒い筋が縦横に走る醜い姿。子を失い、愛していた夫を、人を手に掛け、無垢の人々ですら餌とする浅ましさ。

神人は絶叫した。

五人の祈禱師により、神人は残美村の祠《ほこら》へ封じられた。

永い時を経て、フリージア学園の生徒たちが迷い込む。彼女たちは封じの風車それぞれに立つ。

最後に祠の前にやって来たのは――楓。

祠の中を覗《のぞ》き込む。封じの神鏡に楓の顔が映る。

すると突然、鏡が真っ二つに割れた。

神人の封印は解けた。もう押さえつけるものは何もない。

――自由だ。


はっと楓は我に返る。

「……そんな」

未だ棺桶の中だが、彼女は今し方見たヴィジョンにショックを隠せない。

「私が、封印を解いた――？」

呆然とする楓の顔に、僅《わず》かな光が差し込む。

見上げれば、蓋に穴が空いており、そこから守口が覗き込んでいた。

「安心しろ。すぐに終わらせてやる」

すでに守口は五芒星の白装束に着替えている。

「お前らのせいで。お前らが封印を解いたせいで……俺の……幼い娘は残美にされた！」

楓はもう何も言えない。

「生け贄を捧げるしかないんだ……！　ハァッハッハッハッハッハッ！」

何かに取り憑かれたように守口は嗤《わら》う。嗤い続ける。

◆

聖に先んじて、実乃梨は校舎の階段を下りる。

踊り場を過ぎた時、その足が止まった。

後ろから聖がやって来る。慌ててそれを制する。

「……別のとこから行こう」

「なんで？」

「いいから！」

気になったのか、聖は踊り場の先を覗く。

「聖！　見ちゃ駄目！」

実乃梨の忠告もむなしく、聖は見てしまった。
階段の途中で手首を切り、自死した生徒たちの姿を。
聖の呼吸が荒くなる。
「……耐えられなかったんだ、きっと」
残美という厄災から逃げるため、彼女らは自ら死を選んだのだろうと実乃梨は思う。
しかし聖はそうやって理解し、かつ処理ができない。
彼女は叫びながら、階段を上り逃げていく。

◆

ボイラー室では、白装束の守口が線香を上げ、合掌している。
「眠っておられるか　死んでおられるか」
問いかけるような言葉は、まるで念仏のようにも聞こえる。
守口は棒を手に取ると立ち上がった。
棺桶の蓋に空いた穴から、楓を覗き込む。
守口の視線に気付いた楓は、瞳をそちらに向けた。

「止めて……守口さん……正気に戻って！」

懇願する楓を無視して、守口は棒の尖った方を穴にあてがう。

楓の目が見開かれる。

まさか……まさか。

「うああああああああああああああああっ！」

守口は裂帛《れっぱく》の気合いを入れ、棒を棺桶に突き込んだ。

◆

実乃梨は聖とはぐれてしまった。

何処へ行ったのか分からない。

実乃梨は残美から身を隠しながらその行方を捜す。

残美に勘《かん》づかれるかも知れないがここは仕方がない。

「聖……！　聖……！」

呼びかけながら歩く。

その時、どこからともなく女性の叫び声が聞こえた。楓の声にとてもよく似ていた。ただそれは何となくくぐもっていて、すぐ近くではないことが想像できる。

『助けて！』

ハッキリと聞こえた。何処からだろう。

『誰か……！　お願いだから止《や》めて！　誰か……』

実乃梨は声の主を探す。

（ここ？）

廊下の下部にある換気用の通風口からのようだった。

そこは金属製のスリット入りカバーが付けられていた。

『助けて！』

やはり通風口からだ。構造的に考えて、地下ボイラー室から伝わっているように思える。

（楓は地下、ボイラー室にいる？）

実乃梨は立ち上がり、一路地下を目指した。

長い階段を下りて、実乃梨はボイラー室に着いた。

重い鉄の扉を開け、足を踏み入れる。そこは薄暗く、いろいろな機械が並んでおり、狭苦しさがあった。

「……楓？　……楓！」

呼びかけながら先に進む。

「いるの？　楓！」

「――ここよ！　早く出して！」

声を辿《たど》って進むと、おかしな場所があった。

大きな桶を中心に据えた、儀式めいた空間だ。

楓の声は、その桶の中から聞こえてくる。

「今開けるからね！」

桶の蓋を外そうとするが、硬くてなかなか開かない。

悪戦苦闘しているその背後に、何者かが近づいてくる。しかし実乃梨は気付かない。

あと少しという距離で、彼女は後ろを振り返る。

守口がいた。

その手には大ぶりの鉈《なた》が握られている。

「ぅああああ！」

叫びながら守口が鉈を振るった。間一髪で実乃梨は躱《かわ》したが体勢を崩し、床に倒れ込んだ。鉈は桶に喰い込んでいる。

「守口さん……？」

何故《なぜ》守口が自分を襲うのか。実乃梨には理解できない。

彼は実乃梨を睨《にら》み付けながら鉈を抜こうとしているが、なかなか抜けない。

実乃梨は気付く。ここに楓を閉じ込めたのはコイツだ、と。

「どうしたの⁉」

桶の中から楓が訊《たず》ねる。しかし答えずに実乃梨は守口を詰問する。

「楓に何をする気⁉」

漸《よう》く《や》鉈を抜いた守口が、こちらに迫りながら叫ぶ。

「お前の知ったことか！」

何度も鉈が振り回される。運良く避けられたが、実乃梨は転んでしまった。ただ、守口自身も鉈の重量に身体を持って行かれたのか、体勢を崩している。

実乃梨は目の前に落ちていた木槌《きづち》を見つけた。

右手に取り、立ち上がったばかりの守口の顔面に投げつけてやった。

上手く命中し、守口は昏倒する。

（今のうちに）

実乃梨はそこにあったバールを手に取り、桶の蓋をこじ開ける。

「楓！　早く！」

楓を中から引っ張り上げたが、立ち上がった守口が二人に立ち塞がる。

「誰がぁ、行かせるかっ！」

すでに目がイッている。もう話が通じる感じはしない。

「呪いを封じるには、これしかないんだ！」

眼鏡《めがね》を直し、守口は鉈で実乃梨を指し示す。

「丁度いい。お前も生け贄にしてやるよ」

その後ろの暗がりで、何かが動いた。

「駄目……後ろ……！」

楓が守口の背後を指さす。

そこには神人となった宮川先生が迫ってきていた。

「はっ。そんなくだらねぇ手に引っかかるかよ！」

信じない守口は後ろに全く注意を払わない。

それが仇《あだ》となり、守口は神人に捕まった。楓たちはチャンスとばかりに外へ出ようとその脇を通り抜ける。

だが、守口の手が楓の左足首を掴む。

「逃がすかよ……！　こうなったら一緒に……イッ⁉」

守口の首に神人の舌がズブリと挿入される。同時に手から力が抜けた。

楓は守口の手を振り払い、実乃梨と外を目指す。

「……ぐわぁあああああああああああああああああああああああああっ！」

守口の断末魔の叫びが後ろから聞こえた。


地下からの階段を、二人は手に手を取って上っていく。

「ありがとう、助けに来てくれて」

「何言ってるの」

楓は実乃梨に感謝しながら、ふと思い出す。

「ねぇ、聖は？」

実乃梨の足が止まった。

「まさか」

「突然取り乱して逃げ出して……」

無言の時が流れる。

「……全部、私のせいだ。皆がこんな事になったのも」

予想しなかった楓の吐露《とろ》に、実乃梨は何も言えない。

「残美を蘇らせたのも……あの日、残美村で封印を解いたのは、私だった……！　私が全てのきっかけなの！」

「楓……」

「――今の話は本当なの？」

声に振り返ると、生徒の集団が踊り場に立っている。

倉田佑里恵《くらたゆりえ》、あずさ、山中莉子《やまなかりこ》、庄司美緒《しょうじみお》……他にも何人かいる。それぞれの手に竹刀《しない》や競技用薙刀《なぎなた》、ラクロスのクロス、ゴルフクラブなどが握られ、武装している。

「答えて。今の話は、本当なの？」

料理研究会会長の佑里恵が問い詰めてくる。

その手には鈍く光るペティナイフが握られていた。

私たちがいなくなるまであと二時間――。

第九章

階段の踊り場で、佑里恵らと楓が向かい合う。

「今の話、本当なの？」

佑里恵の問いに楓は頷《うなず》き、肯定する。

「本当だよ。全部私のせい」

「楓……！」

実乃梨が窘《たしな》めるように止めに入るが、もう遅かった。

「全部……お前のせい……？」

竹刀を肩に担いだあずさが、楓を睨《にら》み付ける。

「優衣や加奈や恭子……みんなザンビになった」

念を押すように佑里恵が再度確認を入れる。

「この呪いの全ての原因は、楓。お前なんだな？」

楓はひと言も発さず、首を縦に振った。

「……分かった」

佑里恵はペティナイフを握り直し、胸の辺りに持ち上げた。

「私がお前を、殺す……！」

全員が階段をゆっくり下りてくる。先頭の佑里恵が言い放つ。

「楓を殺せば、全てが終わる、ってことだろ？」

「……馬鹿言わないで！」

実乃梨の反論に誰も耳を貸さない。それどころか余計に火に油を注ぐ結果になった。

「このザンビめっ！　全部、お前のせいだッ！」

陸上部部長の莉子が、やり投げの槍を手に楓を責める。

「全部お前のせいだ！　みんなを返して！」

長刀を構えた剣道部部長の美緒が楓を狙う。

「楓は残美《ざんび》じゃない！」

実乃梨が大声で皆を制する。

「ちょっと落ち着いて……話し合おうよ」

佑里恵の視線が実乃梨を捉《とら》える。

「……実乃梨……お前も楓の仲間なんだな」

その言葉が何を意味するか、実乃梨はすぐに理解する。

「お前も殺す」

淡々と囁《ささや》いて、佑里恵がナイフを両手で構えた。

「殺すうううううううううううう！」

叫びながら佑里恵は二人に向けて突進してくる。

避けたはいいが、佑里恵のターゲットは実乃梨になってしまった。

壁際で佑里恵と実乃梨がもみ合う。

止めに入ろうとした楓に美緒が上段から薙刀《なぎなた》を打ち込んだ。危なく当たるところだった。

楓は薙刀を掴む。そこへクロスが振るわれた。薙刀を利用し受ける。

実乃梨はまだ佑里恵と争っている。

混戦から抜け出そうとした楓に、あずさが竹刀《しない》を振る。

力で押し合っている最中、実乃梨と佑里恵が絡み合ったまま階段から落ちた。

その様子を見た全員が動きを止める。

踊り場で仰向けになった佑里恵はそのまま動かない。

その隣では苦悶の表情をした実乃梨が起き上がろうとしている。

「……は」

実乃梨は目を見開いた。佑里恵の鳩尾《みぞおち》辺りにペティナイフが深々と突き刺さっている。

佑里恵は虚空を凝視したまま何の反応も示さなかった。

「佑里恵」「佑里恵！」

武装した生徒たちが駆け寄る。すでに楓も実乃梨も目に入っていない。

「佑里恵！」「佑里恵起きてよ！」「ねぇ！」

少女たちの悲痛な叫びの中、楓は実乃梨を抱き起こし、その場を後にした。

少し離れた場所で、実乃梨が足を止める。

階下からはまだ佑里恵を呼ぶ声が小さく響いてきた。

「……佑里恵、死んじゃったかな」

押し寄せる罪悪感に耐えているのだろうか、硬い顔で実乃梨が呟《つぶや》く。

楓には答える言葉がない。代わりにその手を取って、進むことしかできなかった。

◆

学園を我が物顔で残美共が歩く。

残美ではない人間を見つけたら、奴らは集団で襲いかかった。

手足を摑《つか》み、後ろから羽交い締めにし、抵抗できなくしてから存分にその味を楽しむ。
襲われた者は助けを求めるが、すぐにその声も止む。残美の太い舌が差し込まれた瞬間、もう手遅れであり、またそれがいかに無駄なことか悟るからかも知れない。

残美から身を隠すように、聖はある教室にいた。
廊下では靴音が複数鳴っている。
聖が気配を消そうとしたとき、今一番行方を知りたい人物の名前を聞いた。
「楓たち、何処《どこ》へ行った……？」
「こっちにもいないよ」
話しているのは莉子と美緒だった。
楓たち、と言うことは楓と実乃梨を探しているのだろうか。
だが一体何故《なぜ》だろう。莉子たちの口調だと穏やかな雰囲気ではない。
（でも）
聖は教室から廊下へ飛び出した。
莉子たちはその姿に一瞬身構える。残美と間違ったのだ。
聖は怪我《けが》をした足を引き摺《ず》り、彼女たちに訊《たず》ねる。

「楓に会ったの？」

「ザンビ⁉」

先頭のあずさは楓のことを答えなかった。とにかく聖が残美ではないかという疑いの眼差しか向けていない。いや、もしかしたら聖だと気がついていないのではないだろうか。

「待って！　私は残美じゃない……！　お願い、信じて」

生徒のひとりが漸《ようや》く相手を聖だと認識する。

「コイツ、楓と仲良かった奴だ」

「楓……楓は無事なの⁉　今、何処《どこ》にいるの？　お願い、教えて！」

必死な訴えがよくなかったのだろうか。

「ヤバイよ……やっちゃおうよ！」

美緒が煽《あお》る。全員が聖を敵と認識した。

このままでは拙《まず》い。聖は逃げ出すが、足の怪我のせいで上手く歩けない。

背後からは、武装した生徒たちの手が迫ってきていた。

◆

「倉庫？　灯油を手に入れる、って何に使うの？」

実乃梨の質問を無視し、楓は廊下を急ぐ。

「楓！」

「しっ！」

楓の耳が残美の唸《うな》り声を捉《とら》える。近い。あまり騒いだら残美を呼び寄せてしまう。

窓の外、中天に近い所まで上がった満月が煌々と学園を照らしていた。

「楓……何する気なの？」

楓は言うべきか言わないべきか、僅《わず》かな時間だが逡巡する。

そして実乃梨に自分の決意を告げることを決めた。

「全部……私のせい。私が始まりなんだ」

楓は実乃梨の顔を見て、言い切った。

「だから……私が終わりにする」

灯油。全てを終わらせる。実乃梨は楓が何をしようとしているのか理解してしまった。

「実乃梨、私と一緒に来てくれる？」

実乃梨は頷《うなず》く。この先に待っていることが分かっていても。

「行こう」

楓と実乃梨は倉庫を目指す。

鞄や靴、様々な物が散乱する廊下を二人は歩く。

途中、実乃梨が壁により掛かった。体調が悪そうだ。

「大丈夫？」

心配した楓に、実乃梨は首を上下に振る。あまり良い状態じゃなさそうだ。それなのに彼女は無理を押して歩き出す。

◆

痣《あざ》だらけの顔をした聖を、二人の生徒が引き摺るように運んでいる。

あずさたちに捕まり、私刑を受けたのだ。

少し離れたところであずさ、莉子、美緒などがその様子を窺《うかが》っていた。

聖は教室の後ろにあるロッカーに放り込まれる。運んできた二人は馬鹿にしたような笑い声を上げつつ、扉を閉めた。

ロッカー内部で聖は力なく呼吸している。

◆

楓と実乃梨は倉庫の前に立っている。

出入り口が閉じられており、中の様子は分からない。

念のため扉を叩く。返答はない。

ノブを掴み、押す。扉は開いていくが、途中で止まった。

見れば内側から針金で固定してある。

倉庫内に人の姿は見えない。

「誰か中にいるの？」

返事がない。だが、確実に内部に人が隠れているはずだ。そうでなければ内側から針金で扉を固定などできない。

「ねぇ、誰かいるんでしょ？」

「――みんな、死んじゃったよ。もう私たちだけ」

少女の声が聞こえる。だが姿を見せてくれない。

楓の目が倉庫の奥にある灯油タンクを見つけた。

「お願い、灯油が必要なの」

扉の向こうからひとりの生徒が姿を現した。半分ドアの影に顔を隠している。

「灯油なんて、何に使うの？」

言葉を選び、楓が答える。

「学園を、燃やす」

倉庫内から応対していた生徒がギョッとして楓を見た。物騒すぎる発言だったからだろう。楓は倉庫内にいる人間たちに退避を求める。

「みんなは安全な場所へ逃げて」

「――やっぱり、楓先輩なんだ」

逃げろという言葉を受け、中にいた生徒が漸《ようや》くきちんと正面を向く。

「楓先輩？」「楓先輩」「楓先輩なの？」

その後ろでは複数の少女たちの声が聞こえる。全員が扉近くへ集まろうとしていた。

だが、その集団から離れた倉庫の隅にひとり離れ、ポツンと座っている少女がいる。

弥生だった。

親友の美琴と離ればなれになり、自分だけが生き残ってしまった、あの弥生である。

彼女が座る場所から外に通じる窓が見える。

そこには何体もの残美がへばりついている。中には神人《かみびと》すら混ざっていた。

弥生を余所に、出入り口付近では新たな諍《いさか》いが始まっていた。

「全部、楓先輩のせいなんですよね？」

倉庫内、さっきから楓と問答していた生徒が断言する。

「この学園に一人良くない人間がいたって。その人間のせいで、学園のみんなが、恐ろしい目に遭わなくてはいけなくなった……それが楓先輩なんですよね？」

「だから、それは違うんだって！　何処で聞いたの？　そんな事！」

実乃梨が力強く否定する。が、その声を聞いて、相手の生徒が反応した。

「実乃梨先輩？」

「え……？」

「生徒会で一緒だった藤崎麻里奈《ふじさきまりな》です」

中にいたのは、後輩の藤崎麻里奈だった。

生徒会役員とワンダーフォーゲル部の部長も兼任する才女である。

「麻里奈？……お願い、開けて！」

「それは……無理です」

「どうして？」

「私たちはここで助けを待ちます。ここには食料があるし、水だって……なのに……その女は学園を燃やすって……」

　楓が会話に加わる。

「ここだってもう危ない……信じて」

「実乃梨先輩」

　麻里奈は一切楓の言葉を聞かず、実乃梨に話しかける。

「何？」

「先輩だけなら、この中に入れてあげます」

　上から目線の物言いだ。麻里奈は更に続ける。

「その代わり……その女を殺して」

　麻里奈が扉の隙間から一振りのナイフを差し出す。刃渡りは長くないが、分厚く、刃先が鋭い登山用ナイフだった。二つ折りタイプのそれは、彼女が護身用だと見せてくれたことがあったものだと実乃梨は記憶している。

「これで、自分の身の潔白を証明して下さい」

　麻里奈はナイフを少し離れたところへ投げる。実乃梨はそのナイフを拾った。さっき、佑里恵との一件があった直後なのに、動揺はもう見えない。

実乃梨は胸の高さにナイフを構え、楓を見詰める。

◆

教室のロッカーの中で、聖はぐったりしている。
外からは生徒たちの話し声が聞こえてきた。いや。違う。
残美の声が混じっている。
さっきまで聖を暴行していた連中が、残美に襲われているのだ。
聖はロッカー上部に開いたスリットから外を窺う。
予想通り、教室は残美に侵入されていた。
莉子が生徒の一人を残美に突き飛ばし、ロッカーに駆け寄ってくる。
「お願い！　助けて！　お願い！　助けて！」
中にいる聖に助けを求めた。
開けられない。聖は身を固くして眼前《がんぜん》の惨劇を見るしかなかった。
その後ろから神人が近寄ってくる。そのまま莉子を後ろから羽交い締めし、襲った。
絶叫し、倒れる莉子。入れ替わるように神人がスリット越しに聖を見詰める。

大きく口を開けたその顔は、嗤《わら》っているようにも見えた。

聖は自分の口を自らの手で塞いだ。こうでもしないと叫んでしまいそうだったからだ。


教室の中ではあずさたちが次々と残美共の餌食《えじき》になっていく。

美緒は何体もの残美に狙われていた。

自慢の薙刀も、培《つちか》った剣道の技術も何も通じない。

彼女は窓際に逃げた。窓を開け、下を見る。地上四階だった。

後ろから残美たちが美緒を求めて群がってきていた。

彼女は意を決し、飛んだ。ママー、と母を呼びながら。

着地に失敗し、地面に転がる。でも生きている。大丈夫だ。立ち上がろうとした。が、左足の感覚がない。横に視線を向ければ、左足は付け根から考えられない方向へ曲がっていた。叫んだ。これでは歩くどころか、立ち上がる事すらできない。

美緒の叫び声を耳にしたのか、制服姿の残美がギクシャクと近づいてくる。

後ろを見れば、更に残美が集《たか》まってきていた。

歩けない美緒は残美に集られる。

助けて、厭《いや》だ、助けてと繰り返しても残美は止《や》めてくれない。宙に伸ばした手を摑んで握ってくれる者もなく、彼女は残美の毒牙にかかった。

聖は美緒の絶叫をロッカーの中で聞いている。

その叫びもすぐに途絶え、静寂が訪れた。

外を確かめれば、もう神人も残美もいない。床に生徒だった物が倒れているだけだ。

聖は教室内へ出た。

足下には莉子が目を開いたまま転がっている。

他、幾つもの残美の犠牲者が残されていた。その中に一人だけまだ身体を動かしている者がいる。

助け起こし、その顔を見るとあずさだった——だがその顔には黒い筋が走り、黒目は白く濁っていた。

周囲の生徒たちが全て起き出し始めた。誰もが残美と化していた。

聖は自由にならない足を引き摺《ず》りながら、逃げる。

後ろからの追っ手を気にしながら廊下を進む。さっき受けた暴行で、全身が痛んだ。でも、今はそれを理由に止まるわけにはいかない。

そんな聖を嘲笑《あざわら》うかのように、進行方向から新たな残美が現れた。

先頭は神人化している。来た方向へ戻れば、さっき目覚めたばかりの残美たちが飛びかかってきた。

聖は必死に逃げる。残美共は、そんな彼女の背中を大挙して追いかける。

◆

実乃梨は、楓にナイフを向けている――のではなかった。
彼女はナイフを折りたたみ、刃を持ち手部分に収めるとそのまま楓に渡した。
倉庫の中では弥生が窓の外を眺めている。
群がる残美。その中に、とても大切な人の顔を見つけた。
神人化した美琴だった。
「美琴……！」
思わず呼びかける。だが美琴だったそれは、威嚇《いかく》で返してくる。
弥生はかつての親友から目を逸《そ》らした。もう見ていられない。
〈弥生〉

そこに自分を呼ぶ声が聞こえた。
美琴の声だった。
窓の方へ視線を向ければ、そこには以前通りの美琴が立っている。
〈弥生〉
微笑《ほほえ》み呼び掛けてくる親友に、思わず立ち上がる。
「美琴……？」
あの時、必死に手を繋いで逃げていたのに。
離ればなれになって、美琴は……。私は……。
窓の外で微笑む美琴へ、弥生は一歩一歩近づいていく。
〈私たちはいつも虐《いじ》められてきた〉
美琴。
〈弥生。私のいない学校で、生き延びる意味なんて、ある？〉
美琴。
〈ハグして。いつもみたいに。強く。ギュッと〉
弥生は笑顔で頷《うなず》いた。
ガラス越しに掌と掌を合わせ、鍵を開け、戸を開放する。

ああ、美琴。

しかし弥生が見た幸せな幻はそこまでだった。

開かれた戸の向こうにいるのは、神人になった美琴。そして残美共。

現実が、彼女を押し潰していく。


倉庫の中で悲鳴が上がる。

楓と実乃梨、そして振り返った麻里奈は見た。

逃げ場のない場所で、大量の残美に襲われている生徒たちの姿を。

「たっ、助けて！　助けて！　実乃梨先輩！」

麻里奈が叫ぶ。しかし針金のせいで扉は開かない。

伸ばした手を実乃梨が握った瞬間、彼女は残美に引き摺り込まれた。

入れ替わるように神人が実乃梨に手を突き出してくる。

もう、倉庫の中は……楓は実乃梨を引っ張り、倉庫から急いで離れた。

暗い廊下を楓は走る。実乃梨の手を取ったまま。

「もう走れない」

実乃梨が弱音を吐く。それでも楓は進むのを止《や》めない。

「もう走れない、って言ってるでしょ！」

楓の手を、実乃梨が払い除け、その場に崩れ落ちる。

「実乃梨……」

荒い息を吐きながら、実乃梨が口を開く。

「置いていきなよ」

「……無理だよ」

「どうして？」

楓は時間を掛けて、答えを教える。

「友達だから」

実乃梨は瞳を閉じる。これまであったことが蘇ってくる。

瞼《まぶた》を上げ、右手を楓に差し出した。

彼女は両手で握りしめ、助け起こしてくれる。暖かく、そして今ここに生きている実感を充分に満ち足りさせてくれる手だった。

「行こう」

囁《ささや》くように、実乃梨は楓に告げる。楓もまた、何も言わず頷いた。

二人は手に手を取り合い、先へ進む。


楓と実乃梨が歩く廊下の先に、ひとりの少女が倒れている。

右手にスマホを握りしめたまま事切れていた。

「外に、連絡だけでも」

楓は少女のスマホを手に取る。

ロックが掛かっておらず、すぐにホーム画面が呼び出せた。

四人の少女たちが明るい笑顔で写った写真が壁紙になっている。

後ろの黒板には〈クラスマッチ優勝〉とあった。

目の前に倒れている少女は、その中のメンバーのひとりだった。

楓は心で謝りながら、スマホの通話を始める。

何回目かのコールで繋がった。

「もしもし！　私、フリージア学……」

『ただいま、大変混み合っております……しばらく……』

「繋がらない……」

警察へかけたはずなのに。混み合っている？　と言うことは。

厭《いや》な想像が頭を駆け巡る中、突然実乃梨が倒れる。

「実乃梨……？」

返事がない。楓は実乃梨の傍《そば》に駆け寄る。

助け起こすと、手に熱いものを感じた。

楓は自分の手を見る。そこは真っ赤な液体で濡れていた。

実乃梨の右脇腹後方が、血で濡れている。

「実乃梨……実乃梨……？」

幾ら呼びかけても、実乃梨は目を開けない。全身から力が抜けたまま、楓の腕の中でぐったりしている。

「実乃梨……　実乃梨……　実乃梨……！」

楓の叫びが、届かない。

私たちがいなくなるまであと一時間――。

終　章

楓は講堂の出入り口に障害物を置き、バリケードを築いている。

ある程度完成してから、彼女は実乃梨のもとへ戻る。

彼女は力なく段差に座り、机に寄りかかっていた。

「どうして、怪我したことを言わなかったの？」

「……楓に迷惑掛けたくなかった」

「迷惑掛ければいいじゃん」

楓は怒りを抑えている。それは自分を頼ってくれない実乃梨に対してではない。不甲斐《ふがい》ない自分に対してだ。

実乃梨はじっと黙りこくっている。

「だって、友達でしょ？」

「――楓が初めて。友達、って言ってくれたの」

実乃梨が？　そんなことがあるはずがない。クラスの委員長で皆の中心だった。

「友達なんて、ずっといないと思ってた」

目を伏せたまま、実乃梨は続ける。

「楓が羨《うらや》ましかった。いつもクールで、一人でいても寂しい素振りなんて全然……」

楓は実乃梨の隣に腰を下ろした。

「私は……実乃梨みたいになりたかった」

「?」

「いつも、みんなのこと思って、努力して、苦労して……。だから、友達になれてよかった……」

「楓……」

あとは無言で微笑《ほほえ》みあう。それだけで通じ合えるような気がした。

僅《わず》かだが穏やかな時間が流れた。

が、突然校内放送のスピーカーが鳴り出す。

音楽だ。

楓には聞き覚えがあった。いや、自分の中にいつもある、大事な曲だった。

「この曲……」

お父さんとの思い出の曲。そして……聖に教えた曲。

「聖だ……生きてるんだ」

「……行ってあげて」

「でも」

「私は大丈夫だから」

二人は見つめ合う。

「聖と二人で迎えにくるの待ってる」

楓は立ち上がり、講堂から出て行こうとする。

「楓」

振り返ると、精一杯の笑顔の実乃梨がいる。

「絶対、戻ってくるよね……？」

楓は何かを考え、そしてコクンと頷《うなず》いた。

「なら、いい……。いってらっしゃい」

実乃梨が微笑んだ。

「いってきます」

万感を込め、楓は実乃梨に微笑む。また、実乃梨も伝えたいことを微笑みで返した。

楓を送り出してから、実乃梨は大きく息を吐く。

そして苦悶の表情へ変わった。

彼女なりの、大事な友達に送る精一杯の友情だった。


楓は走る。残美《ざんび》だらけの学園を。

ガラスが割れ、神人《かみびと》らが侵入してくる。止まれず転ぶが、それでもその目から光は消えない。素早く立ち上がり、足を踏み出す。

迫り来る神人や残美を退け、彼女は力強く駆けていく。


すでに夜が明けかけている。

放送室に楓は辿《たど》り着いた。

音楽はまだ鳴り続けている。

二重扉を開けて、中へ入った。

「聖……！」

光溢れる放送室の床に、聖が倒れていた。

放送機材をセッティングしているテーブルの上にスマホが置いてあり、そこから曲が響いている。傍《そば》には卓上マイクスタンドが置かれ、マイキングしてあった。

「しっかりして、聖！　聖！」

「──か、えで」

楓はゆっくりと助け起こした。

「会いたかった……！」

「私も」

「この曲、覚えててくれたんだね」

楓は頷《うなず》く。

「来てくれるって、信じてた」

楓の瞳から、涙が溢れていく。

「ここから出よう。全部、終わりにしよう」

聖は大きく縦に首を振った。

そんな彼女を抱き締めるように、楓は抱え起こす。

だが──楓は見た。

放送室のガラスに映る、顔の歪《ゆが》んだ聖を。

彼女から身を離し、首を振る。

「いやだ……え……嘘《うそ》だ……何でなの？」

「楓」

聖が呼ぶ。

「楓も、こっちにおいでよ」

楓は再び首を振る。明確な拒否を受け、聖は俯《うつむ》きながら言う。

「初めて出来た、友達だと、思ってたのに」

顔を上げた聖の顔には黒い血管が隈《くま》取りのように浮いていた。

その白い瞳は楓を捉《とら》えており、ゆっくりと左腕を上げていく。

「独りに、しないで……！」

聖が襲いかかってきた。間一髪で避ける。

「何で逃げるの……？　楓！」

狭い放送室の中、逃げ場は少ない。あっという間に聖に捕まり、押さえつけられそうになる。楓は右肘で聖の顔面を払って距離を取る。

「楓……」

放送室の機材を盾に、楓は廊下へ逃げ出せた。

扉を閉めようとすれば、伸ばしてきた聖の腕が挟まる。

「楓、痛いよ？」

「もう止《や》めて！　聖……」

ドアの隙間からこちらを覗《のぞ》いているのは、やはり残美になった聖だった。

いたたまれなくなった楓は、ドアから手を離し、逃げ出してしまう。


涙を拭いながら、楓は走る。

前から残美が現れた。神人もいる。

別のルートを行こうとすれば、そこにも残美の群れが出て来た。

気がつけば四方八方を囲まれている。

楓は、叫んだ。

「ついてこい！」

その声を理解したのか。残美たちは楓を追う。

行く先々で楓は叫ぶ。ついてこい、こっちだ、と。

時にはわざと残美の集団に接近し、自らの存在を餌とした。

いつしか残美の列は夥《おびただ》しい数となっている。

最後、楓は調理実習室へ飛び込んだ。

次から次へとガスホースを抜き、都市ガスの元栓を開けていく。

調理室に満ちる残美を眺めながら、楓は守口のジッポーライターを開けた。

火を点《つ》けようとした刹那、彼女の目の前に、懐かしい面影が現れた。

「亜須未」

神人となった、亜須未だった。

呆然とする楓。その隙を突かれ亜須未に襲われかける。

ライターを点けようとしても、暇を与えてくれない。

遂にはライターそのものを取り落としてしまった。

亜須未は楓を摑《つか》み投げ飛ばす。下に叩き付けられ激痛が走った。

残美たちが一斉に襲ってきた。緩慢な攻撃を避けながら、打開策を見つけようとする。

だが、それすら許してくれない。

「！」

床に転がるライターをやっと見つけた。

拾おうとした瞬間、ライターは残美の爪先に当たり、また遠くへ滑っていく。

周囲を囲まれる。伸びてくる腕を振りほどきながら、なんとかライターの近くまで辿《たど》り着いたが。今度は亜須未にねじ伏せられた。対面で馬乗りになられる。亜須未の口が大きく開き、長い舌が躍り出てきた。

「亜須未……もう止《や》めて……！」
しかし願いは届かない。ライターにも、手が届かない。
ここまでか――と思われたその時だった。
突如チャペルの鐘が鳴り響いた。
亜須未を始めとした残美たちは、一斉に宙を見る。
そして、チャペルのある方角の窓際へ殺到した。

◆

実乃梨は、チャペル内で鐘を鳴らしている。
紐《ひも》を引く手は血で汚れていた。
必死に何かを願うような顔で、何度も何度も両手で紐を引き、鐘の音を響かせる。

◆

楓はライターを掴み取った。

「みんな……さよなら……」

フリントホイールを回し、炎が灯《とも》る。そのままライターを天井近くに放り投げた。

空中に溜まったガスに引火し、炎が一気に紅《あか》く渦巻いていくのを楓は見た。

炎の渦は残美たちを捉え、破壊する。

爆発は瞬時に校舎のフロア全体へ広がり、全てを焼き尽くしていった。

◆

実乃梨はチャペル内の説教台近くに座り込んでいる。

肩で大きく息をしており、消耗が激しい様子だ。

近づく足音に顔を上げる。

「――楓」

現れたのは楓だった。

制服の末端部分が焼け焦げている。

「無事だったんだね」

立ち上がった実乃梨が出迎えてくれた。

「よかった……」

「終わったよ」

そういう楓の顔に幾つかの傷がある。

「……聖は？」

楓は目を伏せ、首を振った。実乃梨はいたたまれない表情で視線を外す。

「……聖は……聖が護《まも》ってくれたの」

炎に巻かれる瞬間、聖が楓の前に飛び込んで来た。

顔は残美のままだったが、その表情は穏やかで、知っている聖のままだった。

紅蓮《ぐれん》の炎の中、彼女は残美の本能すら凌駕《りょうが》して、楓を護ってくれたのだ。

「……」

「……」

楓と実乃梨は何も言わず、聖のことを想った。

あの――友達のことを。

しかし静けさはすぐに破られた。

上空から何か大きな音が聞こえる。多分、ヘリコプターのローター音だ。

学園上空を通り抜けていく。

実乃梨を見詰めて、楓は言う。

「――屋上へ行こう」


満身創痍《まんしんそうい》の二人は、お互いを庇《かば》いながら屋上へ辿り着いた。

空は蒼く、美しい。

あと少し。ここで救助のヘリを待てばいい――そんなことを考えていると、実乃梨が転んでしまった。助け起こそうとする楓に彼女が叫ぶ。

「近づいちゃ駄目！」

実乃梨の髪の毛が、大量に抜け落ち始める。

楓は、信じられないといった面持ちで後退《あとじさ》る。

顔を上げた実乃梨の頬には黒い筋が走り、瞳が白くなっていた。

実乃梨は楓に請う。

「――殺して」

「無理だよ……！」

「殺して！」

絶叫しながら実乃梨は地面に蹲《うずくま》る。まるで残美になった自分を隠すようだった。

再び顔を上げて、実乃梨が吐き出す。

「楓のこと、襲っちゃうよ……？　だから、早く！」

「だから、無理だって……！」

「さっき言ったよね……？　私のこと、友達だ、って」

楓は頷《うなず》くこともできない。

「友達なら、殺して……！　お願い！」

お願い、お願いと実乃梨は繰り返す。

楓は泣きながら、倉庫の前で実乃梨から受け取った、あの登山ナイフを取り出した。両手で握りしめる。

実乃梨は大きく頷いた。

刃が持ち手部分から引っ張り出される。

楓は実乃梨に向けて、一歩一歩、ゆっくり近づいた。

彼女は目を閉じ、命が絶たれるのを待っている。

ナイフを逆手に持ち、高く構えた――がそこまでだった。

「やっぱり、できないよ」

楓は泣き崩れる。実乃梨は大きく息を吐き、立ち上がった。
気がつくと、実乃梨は屋上の縁《ふち》にこちらを向いて立っている。
今から実乃梨が何をしようとしているのか、すぐに理解できる。
「駄目……」
実乃梨が微笑《ほほえ》んだ。
「楓と会えて、良かった」
「実乃梨……行かないで！」
止めるため、楓は走った。全力で駆けた。精一杯、腕を伸ばした。
だが、僅《わず》かに届かなかった。
実乃梨は風に乗るかのように、両手を広げ、背中側から飛び降りた。
一瞬でその姿は楓の視界から消える。
最後、その唇は確かに〈バイバイ〉と動いていた。
虚空を摑む手を引き、楓は噎《むせ》び泣く。いつしかそれは慟哭《どうこく》へと変わった。
全身から力が抜ける。床に手と膝を突き、声を上げ、泣き喚いた。
何処《どこ》にも届かない、声にならない叫びでもあった。
無力感の中、楓の目に摑んでいたナイフが入ってくる。

両手で握りしめ、目を閉じ、蒼い天を仰ぐ。
（実乃梨……聖……）
鋭い切っ先を自分の喉元に押し当てた。
その姿は、まるで天上の神に祈る乙女のようだった。
楓は腕に力を入れた。
――今、私も――。
刃先が喰い込みそうになる瞬間、頭上から轟音が響いた。
思わず瞼《まぶた》を開ける。
自衛隊ヘリだ。全部で四機が遠くへ飛び去っていく。
遙か遠く、東京の方向へ向けて。
楓は呆然と立ち上がる。
新宿副都心を始めとした東京全体が爆発炎上していた。

手に持ったナイフは朝の陽光を受け――キラキラと光っていた。

ザンビの呪いは、まだ始まったばかりだ……。

企画制作
日本テレビ

制作協力
アバンズゲート

製作著名
「ザンビ」製作委員会

ドラマ・ザンビ・キャスト
齋藤飛鳥
堀未央奈
与田祐希
秋元真夏
星野みなみ
寺田蘭世
山下美月
久保史緒里
大園桃子
渡辺みり愛
伊藤純奈
新内眞衣
鈴木絢音
梅澤美波
吉田綾乃クリスティー
佐藤楓
伊藤理々杏
岩本蓮加
向井葉月
阪口珠美
中村麗乃
太田莉菜
片桐仁

STAFF & CAST

企画・原作
秋元康

脚本
保坂大輔
高山直也

音楽
ゲイリー芦屋

制作
市川浩崇
八木元

企画プロデュース
植野浩之

プロデューサー
佐藤俊之
山王丸和恵
伊藤裕史

監督
大谷太郎
西村了

制作プロダクション
AXON

特別協力
Y&N Brothers

協力
乃木坂46合同会社
ソニー・ミュージックエンタテインメント

久田樹生 Tatsuki Hisada
作家。徹底した取材に基づくルポルタージュ系怪談を得意とするガチ怖の申し子。代表作に『「超」怖い話　怪怨』『「超」怖い話ベストセレクション　怪業』『怪談実話　刀剣奇譚』（以上、竹書房文庫刊）など。

ザンビ【小説版】
２０１９年４月３日　初版第一刷発行

企画・原作……………………………………………… 秋元康
脚本…………………………………………… 保坂大輔、高山直也

著……………………………………………………… 久田樹生

カバーデザイン………………………………… 渡邊孝之
本文ＤＴＰ……………………………………………… ＩＤＲ

発行人………………………………………………… 後藤明信
発行…………………………………………… 株式会社竹書房
〒102-0072　東京都千代田区飯田橋２－７－３
電話　03-3264-1576（代表）
03-3234-6208（編集）
http://www.takeshobo.co.jp
印刷・製本………………………………… 中央精版印刷株式会社

ISBN978-4-8019-1817-7　C0193
Printed in JAPAN